KB237630

여자가
아홉 꼬리는 달아야
성공한다

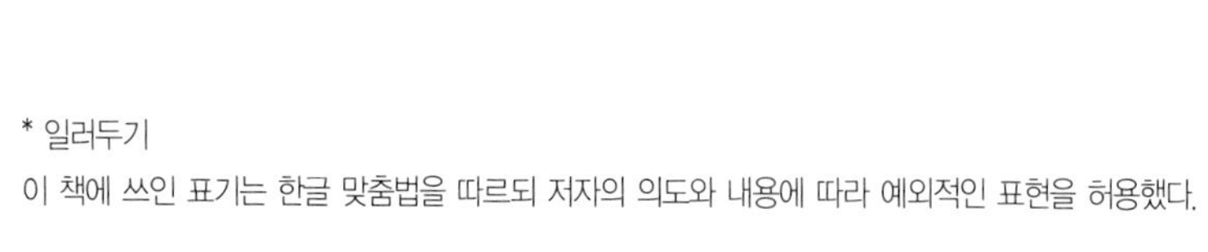

* 일러두기
이 책에 쓰인 표기는 한글 맞춤법을 따르되 저자의 의도와 내용에 따라 예외적인 표현을 허용했다.

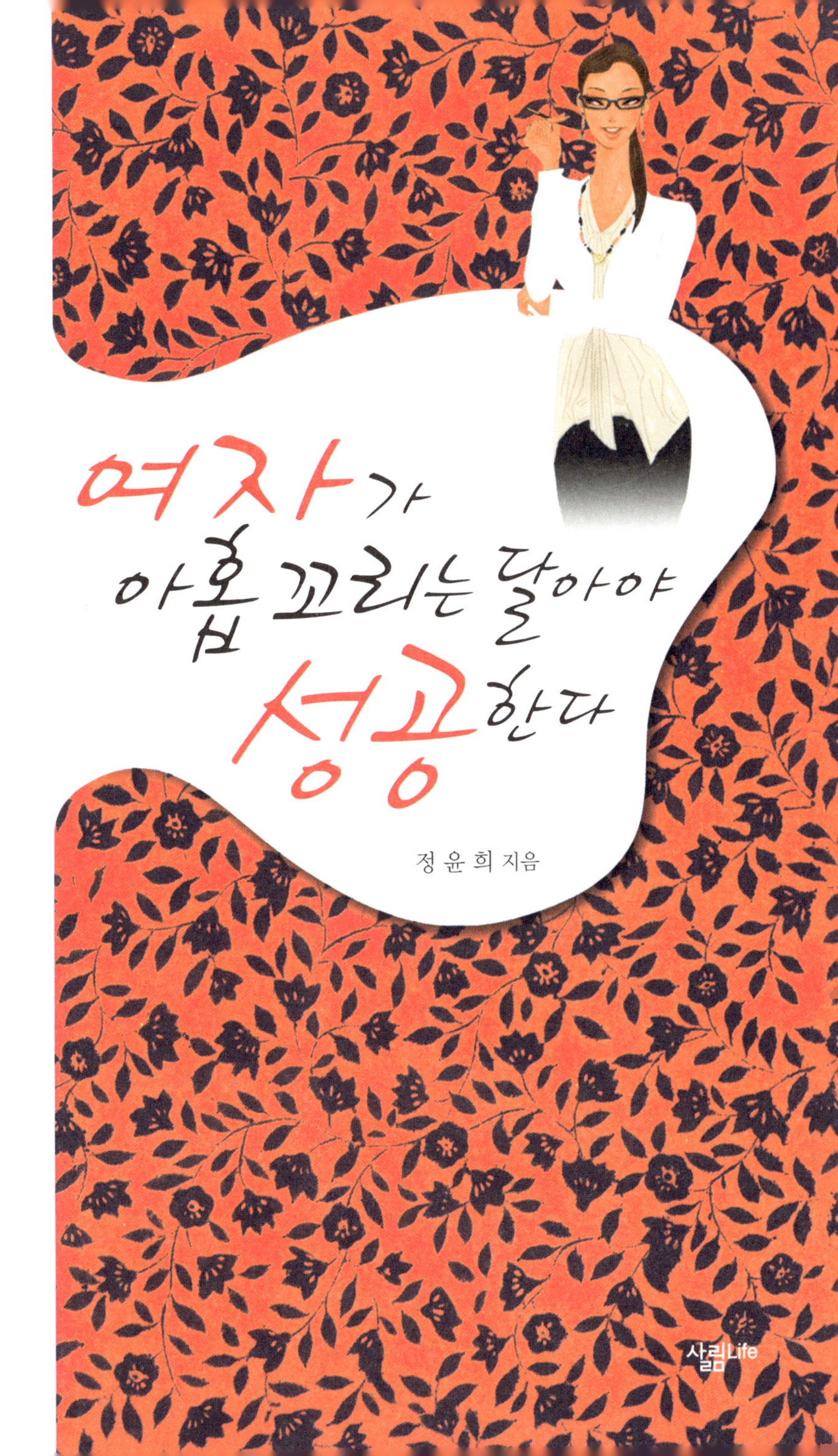

여자가
아홉 꼬리는 달아야
성공한다
정윤희 지음
살림Life

워.킹.여.우.에.게.告.함.

문득 나의 시간을 되짚어 사회인으로 첫발을 내딛은 지, 어느덧 15년이다. 대학을 졸업하고 사회에 첫발을 내딛어 걸어온 거리을 따져보니 180개월, 아무것도 모른 채 맨땅에 헤딩하듯 하나씩 익혀 세상을 배워온 날짜를 헤아리니 5,475일, 때론 열정적으로 일하고 때론 쉬고 싶다고 노래하면서 한시도 쉬지 않고 글만 써 내린 시간을 재보니 131,400시간이다.

이렇게 계산기를 눌러 소수점 이하까지 숫자로 똑 떨어지는 것이 비즈니스라면 좋으련만, 이 복잡미묘한 비즈니스 세계에서는 마냥 무한대로 남거나, 변변한 공식 하나 없이 몸으로 때우고 머리로 부딪혀야 하는 일이 대부분이다. 부장 싫으면 피하면 되고 기다리면 월급날 된다지만, 그러기엔 숨은 복병이 너무 많다. 게다가 아군이라고 여기는 내 편까지도 가끔 인정사정없이 뒤통수를 치는 일도 부지기수! 그러나 그 안에서 자기만의 공식과 방정식을 만들어 새로운 해법으로 풀어나갈 때, 워킹여우들은 손 안에 쥔 정답으로 짜릿한 쾌감과 희열을 느끼는 동시에 뜨거운 에너지를 생성한다.

어디 그뿐인가. 주말 브런치를 나누며 주중 우리를 열받게 한 이들을 바싹 구워진 베이컨 삼아 꼭꼭 씹어주고, 새롭게 뜨고 있는 패션과 트렌드를 팬케이크에 골고루 뿌려주고, 서로가 가진 인맥과 따끈따끈한 정보를 모닝커피에 진하게 담아 건배로 나눌 수 있는 친구와 동료, 선후배가 있기에 워킹여우들은 행복하다.

지극히 개인적인 나의 15년 비즈니스 경험을 토대로 비법 중의 비법을 전수하려 한다. 이 책을 통해 부디 워킹여우들이 비즈니스 자체를 좀더 말랑말랑하고 유연한 대상으로 인식하고, 더불어 비즈니스를 애인처럼 푹 구워삶아 마음껏 요리하여 유쾌하게 즐기길 바란다. 꼬리 아홉 달린 구미호만큼 앙큼하고 상큼하게!!

2008년 5월, 어느 여우 같은 봄날
정 윤 희

3장

여우들의 업무 필살기 ▸▸▸▸▸▸▸▸▸▸▸

4장

여우들의 셀프관리 전략 ▶▶▶▶▶▶▶▶▶▶▶▶

5장 여우들의 비즈룰 ▶▶▶▶▶▶▶▶▶▶▶

#1
여우들의
마인드컨트롤

아, 허풍은 이제 그만!

입만 열었다 하면 자기 집 금송아지가 30마리가 넘고, 집 앞 바닷가 근처에 수십만 평의 땅을 소유하고(바닷가 물 빠지면), 요일별로 헬기를 바꿔 탄다는 S대리는 오늘도 새로 입사한 풋풋하고 순진한 사원 앞에서 후까시를 제대로 잡고 젠체를 한다.

S대리: 얘, 너도 신입이지만, 몸매 너무 이기적이다! S라인까지는 아니라도 Z라인 정도는 돼야 우리가 또 회사생활 편하게 할 수 있단다.

신입사원: 몸매랑 회사생활이랑 무슨 상관이 있나요? 제가 아직 어리버리해서요…. (딱 보니 그 몸매 인조구만. 쳇!)

S대리: 그러니 가꾸고 투자하고 그래야지. 뭐 이런 몸매는 그냥 얻는 줄 아니?

신입사원: 정말 환상적이에요, 선배님은. (가슴은 대충 C컵 뽕으로 후려주시고, 허벅지와 옆구리 비계는 한바탕 뽑은 걸 내가 모를까봐. 아니 이게 어디서 사기질이야~!)

허장성세虛張聲勢

비어 있고 과장된 형세로 소리를 낸다는 뜻으로, 실력도 없으면서 허풍 떨거나 허세를 부리는 행동을 말한다.

사실 사람에게서 허세를 빼면 남는 게 뭐가 있을까 싶을 만큼, 우리 주변엔 허풍쟁이가 많다. 그런 허풍이 그저 스스로 면피를 하거나 대화 속에서 애교처럼 살짝 드러나는 것이라면 참아주겠지만, 상대방에게 피해를 주거나 과도한 허풍 100단으로 스스로 무덤을 파는 격이라면 차라리 허름하고 보잘것없는 상태로 사는 게 훨씬 낫다.

얼마 전 연예인과 사회 유명 인사들의 학력위조 사건이 그 단편적인 예다. 그들은 사회에서 대접받자고 학력을 위조해 방패 삼았다. 하지만 그런 럭셔리급 뻥을 쳐서 얻은 수많은 사람의 존경과 권력, 재력은 손가락질 받아 마땅하고 죗값을 단단히 치러야 한다. 그래서 그들이 결국에는 석고대죄하며 눈물로 호소하지만, 이미 등을 돌린 사람들에겐 악어의 눈물로 보일 뿐이다.

직장생활에서도 마찬가지다. 학력은 물론이고 자격증 보유 여부나 자신의 경력, 프로필을 속이는 일이 적지 않다고 한다. 그러나 자신에 대해 과대포장을 하거나 거품을 잔뜩 넣는 행동은 절대 하지 말자. 원래 허세를 부려 탈을 쓰면, 그 탈이 벗겨지면서 폭삭 망하는 것이 진리요, 이치다. 그러니 부디 본인이 남들보다 많이 부족하거나 기운다고 생각하는 부분이 있다면, 노력해서 모자란 부분은 채워나가고 기우는 부분은 바로 세울 수 있도록 부단히 뛰는 것만이 비즈니스에서 정통으로 먹히는 비법이다. 부디 사기에 능한 직원보다는 노력에 능한 직원이 되어보자. 반드시 성공할 것이다.

즐겨봐 느껴봐 달인 될 거야

도대체 뭘 믿고 회사에 들어온 것인지 3박 4일 고민해도 모를 신입사원 K양은 오늘도 사내 동료들과 상사가 기함을 토하며 뒷목을 잡고 드러눕게 한다. 간단한 문서작업은 디자이너라는 이유로 안 하고, 회의에 아이디어라도 내라고 하면 일이 많아 편두통이 심해 머리를 쓰면 안 된다고 안 하고. 웹디자이너로 들어온 그녀, 오늘도 여럿 한꺼번에 쓰리고로 완벽하게 보내주신다.

L과장: K씨, 이거 간단한 배너 하나 대문에 올려야 하는데, 참신하고 쌈박하게 하나 만들어보지? 색상도 이왕이면 계절에 맞게, 어때?

K양: 배너요? 버너가 아니구요? (대체 뭔 소릴 하는 거야?)

L과장: 배너, 배너 말이야. (쟤, 누가 뽑았어?)

K양: 뭘로 만드는 건데요? (좀 확실하게 오더하든가.)

L과장: (숨을 고르고 화를 삭이며) 뭐긴, 당근 포토샵이지! (사장 딸만 아니문 내가 그냥 확! 짤라버리는 건데….)

K양: 포토샵? 그건 뭔데요? 사진가게, 뭐 그런 건가!

능수능란能手能爛

오래 전 우연히 라디오에서 들은 커피숍 사장의 인터뷰. '사장님은 커피를 얼마나 좋아하세요?' 라고 묻는 DJ 말에 '전 커피 안 먹습니다' 라는 답을 아주 당당하게 하더라. 누워서 침 뱉는 것과 진배없는 말임에도 창피한 줄 모르는 그. 그가 만들어내는 커피를 누가 신나게 마시겠는가.

마찬가지다. 유명화장품 기업의 홍보이사가 브랜드 홍보를 위한 미팅에 볼과 턱에 커다란 여드름을 동반하고 맨얼굴로 나타난다면(암만 얼짱이라고 해도 용서 못해), 그 비즈니스 미팅에서 과연 계약이 몇 건이나 성사되겠는가. 하지만 우리 주변엔 이런 일이 비일비재다. 자신이 하는 일에 자신감을 갖고, 즐기는 것은 물론이고 그 분야에서 최고가 되기 위해 노력하는 것이 성취감일진대, 버젓이 그 직업에 종사하면서도 그 일을 아마추어보다 못하게 하고 있다면, 차라리 그냥 쉬는 편이 사회나 기업, 이 나라에 기여하는 셈이다.

이 시점에 크게 오류를 범할 수 있는 것이 바로 전문직이냐 아니냐 하는 명제다. 그러나 전문직이건 그렇지 않건 분명 스스로 하는 분야 혹은 파트가 있을 것이고, 그 분야에 있어서 최고가 되어야 하는 것이 포인트다. 이제 막 들어간 신참이라 복사와 커피 등의 잡무가 많더라도 그것에 있어 최고가 된다면, 커피 한 잔에도 선배나 상사는 감동할 것이고 당신의 잡무는 빛을 발할 것이다. 그리고 시간이 흐르면 당신은 그보다 훨씬 더 가치 있는 일을 하고 있을 게 분명하다.

달인이란 말이 있다. 장인의 경지에 이르렀을 때 붙여지는 명예로운 직함이다. 즉, 자신의 분야에서 자타가 공인할 정도로 그 일을 매우 잘할뿐더러 그 이상의 경지에 접어든 사람을 일컫는다. TV에도 숱하게 등장하는 일상의 장인들―꽈배기 튀김의 황제, 우유배달의 고수, 생수배달의 왕자, 가발의 마이더스, 도넛 귀신, 박스 포장의 천재―은 모두 자신이 하는 일을 좋아하고 그것을 다룰 수 있는 최고의 기술을 스스로 만들어낸다. 그러니 부디 일을 할 때는 좋아하는 일에 매진하고, 또 잘할 수 있는 일에 매달리는 것이 효율적이라는 사실을 기억하자. 회의가 유난히 많은 부서라면 정리의 여왕이 되어야 할 것이고, 프레젠테이션이 많은 부서라면 파워포인트를, 숫자와 계산에 능해야 한다면 엑셀을 역시 잘 다뤄야 할 것이다. 또한 이렇게 자신이 하는 일을 매순간 즐기는 것이 최고의 장인이 되는 지름길이다.

어느 일이건 쉬운 일은 없다. 남들이 할 때는 별것 아닌 것처럼 보여도 직접 경험하면 180도 다르게 느껴지기 마련이다. 목표에 도달했을 때 맛보는 쾌감을 알기에, 힘든 일일수록 장인은 그렇게 부단히 노력한다. 스스로 즐긴다면 요령이 생길 것이고, 또 요령껏 하다 보면 잘하는 일이 되어 있을 것. 그러니 이제부터라도 자신이 하는 일을 철저하게 즐겨라. 즐기다, 즐기다 장인이 되면 그 득도의 비법을 후배에게도 전수하길.

약속, 지키라고 있는 것이다

시간에 관한 한 무지렁이 황소 마냥 무디게 사는 J양. 신입사원인 그녀는 남들보다 더 빠릿하고 부지런히 뛰어도 시원찮을 판에 시간을 지키는 법이 단 한 번도 없다. 오리엔테이션 가는 날도 본사 앞에 고속버스를 무려 40분이 넘게 세워놓고 기다리게 만든 장본인이고, 첫 출근날도 당연히 지각이었다. 그녀의 손에 들어간 업무는 감감 무소식에 결국 똥줄 타는 담당자 선배가 가져가야 해결이 되니, 그녀가 상전이고 그녀가 회장이다.

#회식자리 얼큰하게 한잔 걸친 부장님

부장: J씨, 내가 자네 부장으로서가 아니라 사회 선배로 한마디만 해도 되겠지이~! 딸꾹!

J양: 그러세요, 부장님. (술주정하는 거야 뭐야.)

부장: 자네 말이야, 시간 약속이 너무 트미해. (너 또 내일도 지각할 거지!?)

J양: (당당하게) 아, 제가 시계가 없어서요.

부장: 그으래? 그럼 내가 당장 시계 사 줄게. 그럼 내일부터 약속 제대로 지킬 거지?

(팀원 모두의 시선이 그녀에게 꽂히고)

J양: (여유만만하게) 어머, 부장님, 시계 차면 시간 지켜야 하잖아요!

(모두 뜨아! 하며 그 자리에 드러눕다.)

금석맹약金石盟約

쇠와 돌처럼 아주 굳은 변함없는 약속이라는 뜻, 목에 칼이 들어와도 약속
을 무조건 지키는 습관을 들이도록 노력하자.

　　시간을 중요하게 생각하고 1분 1초를 재산이라 여기는 서
양사람들은, 과거에 한국인들의 정확하지 못한 시간관념을 빗
대어, '코리안타임' 이라 불렀다. 그들에게 시간은 매우 중요한
것으로, 반드시 지켜야 할 매너였기 때문이다. 그래도 예전에
비해 세계화 추세로 우리의 시간 개념도 이제 매우 중요한 것
으로 자리잡고 있다.

　　하지만 남자에 비해 여전히 상당수의 여자들은 시간관념
을 시답잖은 존재로 여기고 있다. 남자와 연애를 하거나 소개
팅을 한다고 쳐도, 여자는 조금 늦게 나가 튕기는 맛이 있어야
한다는 고루한 사고를 유지하고 있으니 말이다. 아니, 말이야
바른 말이지, 좋아하는 남자를 만나러 나가는데 거들먹거리며
그럴 이유 있나? 오히려 상대보다 싸게싸게 몇 분 더 일찍 나가
여유 있게 기다리면 좋지 않은가. 또 친구들과의 약속도 한참

이나 늦은 주제에 오히려 교통 복잡한 강남에서 만나면 어떻게 하냐고 화를 내는 시추에이션도 흔하다.

실제로 영국의 워릭 대학 이안 워커 경제학 교수는 시간을 돈으로 환산하는 공식을 만들었는데, 평균 남성의 경우 1분의 경제적 가치는 약 2백 원, 여성은 약 1백 60원 정도라고 발표해 화제가 된 적이 있다. 여기에 더 논리를 펼쳐본다면, 더욱 비중 있는 비즈니스 미팅이거나 회사의 사활이 걸린 약속이라면 엄청난 금액이 될 것이다.

이처럼 시간은 돈을 주고 살 수도 없는 가치 있는 것이다. 자신의 시간이야 지져 먹든 볶아 먹든 상관없지만, 남의 시간만큼은 절대 피해를 주지도 손해를 끼치지도 마라. 특히 업무와 관련된 비즈니스에 있어서 코리안타임을 더 고수했다간, 일찌감치 구조조정 명단 1순위를 마크하리라. 부디 일하는 데 있어서의 크고 작은 시간 약속은 항상 지키도록 하자. 그것은 당신의 신용을 베스트로 다져두는 밑거름이 될 것이다.

여자가 아홉 꼬리는 달아야 성공한다

받은 만큼 베풀어라

G대리는 정말 짜다. 입사 이래 자판기 커피 한 잔을 나눈 일이 없고, 요리조리 잘도 끼어들어 얻어먹기 선수다. 첫 월급에도 입 싹 씻고, 사내 프로젝트 입상 후 상금을 받아도 껌 한 쪽을 돌리는 법이 없다. 말 그대로 여자 스크루지다. 심지어 손가락을 종이에 베어도 밴드가 아닌 스카치테이프로 둘둘 말아두니 이쯤하면 짠순이가 아니라 무서운 자린고비다. 그런데 하늘이 두 쪽 나려는지, 그런 G대리가 오늘 점심을 쏜단다!

#분식집으로 앞장선 그녀

동료 1: (시큰둥하게) 무슨 일이야? 점심을 다 쏘고⋯. (겨우 분식집?)

동료 2: 그러게. 그나저나 다른 사람도 아니고 G대리가 쏘니까 좀 비싼 거 먹어볼까? (첫, 분식집에서 비싸봐야⋯.)

G대리: (메뉴판을 뒤적거리다 주문 받는 사람에게) 음, 전 김밥 주세요. 속에 내용물 다 빼고요. 그럼 반값이죠?

동료 1, 2: 띠용~! (조만간 대머리 된다에 백만 표!)

자린고비 玼吝考妣

자린은 '인색한 마음', 고비는 '돌아가신 아버지와 어머니'를 가리키는 말,
죽은 부모에게까지 인색하다는 뜻으로 이 세상 빈대들을 꾸짖는 말이다.

요즘은 백만장자, 10억, 재테크, 펀드투자 등의 대박 관련 용어가 그 어느 연예인보다 잘나간다. 게다가 보장자산이니 노후대책이니 하는 선진국형 경제 개념이 수입되면서, 미래를 미리 준비하려는 움직임이 젊은 사람들 사이에서도 만만치 않다. 그래서인지 주변에 알뜰살뜰한 사람들도 점점 늘어나고, 공짜·무료·프리 등의 단어에 민감하게 반응한다.

좋은 취지에서 시작된 생활습관 '아껴야 잘산다' 주의는 문제가 되지 않지만 도를 지나치면 주변 사람이 피곤해지고 짜증을 불러일으키는 원인이 된다. 자기 주머니 사정이 여의치 않다며 여기저기 빈대처럼 들러붙어 얻어먹는 일도 한두 번이고, 자기 것은 쓰기 아까워 손까지 벌벌 떨면서 남의 것은 펑펑 겁도 없이 쓴다면, 이는 절약정신이 투철한 게 아니라 빌붙기에 해당하는 거렁뱅이 정신이다.

베풀며 살아야 한다는 조상님 말씀이 백 번 옳다. 절약은 절약대로 하되, 함께 나눌 줄 아는 것도 부자의 덕목이다. 외국 재벌의 경우 사회에 환원하는 기부 문화가 확실해 나누는 일에 익숙하지만, 우리네 기업가들은 박한 인심에 도무지 베푼다는 개념을 모른다. 공금횡령 의혹, 숨겨둔 수억의 재산에 관한 보도가 여기저기서 터지기 일쑤다. 하지만 있는 놈들이 더하다고 손가락질하지는 말자. 대신 자기가 베푸는 사람인지 아닌지 한 번쯤 돌아보자.

미국 드라마 《섹스 앤 더 시티Sex and the City》에서 네 친구가 식당이나 카페에서 서로 확실하게 더치페이 하는 것을 본 적이 있을 것이다. 이렇게 N분의 1로 나누는 게 합리적인 방법이고, 실제 미국이나 일본 여성들은 친구끼리도 깔끔하게 이런 방법을 주로 쓴다. 이런 철저한 기브앤드테이크 정신이 당신을 넉넉하게 만들어줄 것이다. 세상에 공짜란 없는 법, 여자 대머리로 세상을 살기보다 넉넉하지 않아도 함께 나눠 갖는 봉사녀가 되자.

05

씽크 플렉시블!

X과장은 원리원칙을 잘 지키는 스타일이다. 그러나 너무 도가 지나쳐 그녀와 단 5분만 있어도 답답해 동료나 후배들은 곧잘 소화불량에 걸려 괴로워한다. 뿐만 아니라 쉽게 끝날 일도 어렵게 돌아가기 일쑤라 그 덕에 남들까지 고생을 하니 모두가 X과장이라면 고개를 절레절레 젓는다.

#결제 받으러 찾아간 사장실

사장: 마무리가 잘됐구만. 내일 회장님 보고에 차질 없게 마지막으로 잘 만져놓고 확인하기 바라네.

X과장: 네, 사장님. (들고온 서류를 막 만지고)

사장: 아니, 자네 지금 뭐 하는 건가? (아니 이 사람이 약을 먹었나?)

X과장: 잘 만지라고 하셔서….

사장: 쯧쯧. (앓으니 죽지.)

X과장: (사태 파악 안 되는) 아참! 사장님, 사모님 다치신 건 좀 괜찮으신가요?

사장: (마음을 가라앉히며) 음. 다행히 많이 아물어 가고 있어.

X과장: (너무 놀라며) 어머 세상에. 어떻게요. 암이라니! 걱정 많으

시겠어요. 어떻게….

사장: (버럭) 아니, 이 사람이 무슨 말을 하는 거야?

X과장: 아니. 암으로 가고 있다고 하셔서….

사장: (호통 치며) 나가! 문 닫고 나가!

X과장: (울먹거리며) 사장님… 어흑… 문을 닫았는데 어떻게 나가요오.

미생지신尾生之信
미생이란 사람의 믿음이란 뜻으로, 미련하도록 고지식하여 융통성이 없음
을 가리키는 말이다.

구수한 커피와 함께 먹는 달콤한 도넛, 사무용품의 꽃이라 불리는 포스트잇, 하루 수십 번도 넘게 쳐다보는 신호등, 올리고 내리는 번거로움을 한 번에 해결해주는 지퍼. 지금 나열된 물건들의 공통점은 무엇일까! 바로 고무줄처럼 유연한 사고에서 탄생한 운 좋은 물건이라는 점이다.

빵의 중간 부분이 덜 익는 모양을 보고 포크로 가운데 작은 구멍을 내고 만든 것이 도넛의 시작이고, 접착제 회사에서 직원이 실수로 만든 끈기 약한 풀에서 탄생한 것이 포스트잇,

철길에 철도가 서로 부딪치는 것을 막기 위해 만든 신호가 자동차에 적용되어 오늘날의 신호등이 된 것이고, 구두끈을 묶는 번거로움을 없애려 만든 지퍼가 전혀 쓰이지 않고 사라질 운명에 처했을 때 우연히 이를 본 양복쟁이가 옷에 달아 쓰면서 지금의 지퍼가 된 것이다. 이처럼 사소한 것에서 출발했거나, 실패해서 사라질 운명에 처했던 물건이 융통성 있는 사람의 두뇌를 통해 새롭게 탄생하고 재발견되었으니 이쯤하면 왜 플렉시블(flexible)한 생각을 지녀야 하는지 감이 잡힐 것이다.

그러나 의외로 조직이나 그룹 안에 고지식하고 꽉 막힌 사람이 다수 존재한다. 너무도 고지식해서 다른 이들까지 피해를 봐야 하고, 진행형이 되어야 할 많은 업무는 과거형이나 현재형에서 머물러 있는 경우가 많다.

원리원칙대로 일을 해결하는 것이 우선이다. 그러나 틈을 비집고 들어오는 숱한 변수에 맞대응하기 위해서는, 반드시 틀을 깨고 유연하고 합리적으로 대처하는 것이 비즈니스를 성공적으로 이끌어갈 수 있는 파워가 된다. '1+1=2'로 풀이되는 수학은 공식이고 원칙일 뿐이다. 직장에서 일을 하다 보면, '1+1'이 '100'인 결과를 가져와야 하는 것도 있고, '1+1'이

‘0’인 제로섬 상황이 되기도 한다. 이 많은 것들을 어찌 수학공식처럼 풀어낼 수 있겠는가. 꼭 학교 다닐 때 수학 못했던 것들이 공식이 어쩌네 하면서 2여야만 한다고 우기겠지. 물론 안 봐도 벽창호 스타일이겠지만.

당신이 속한 조직 안에서 어떤 상황이 발생했을 때, 부디 말랑말랑한 생각을 기준값으로 외치고 변수에 따라 유연하게 대처하자. 혹 당신이 융통성 없게 굴고 있을 때, 주변에서 충고해 주거나 도우려는 사람이 있다면 마음을 열고 귀를 기울이는 겸손함이 있어야 한다. 평소 ‘Think flexible’ 주의에 단련되어 있는 사람은 엄청난 위기상황이 발생했을 때 그 힘을 톡톡히 발휘한다. 상황에 맞추어 순발력 있게 판단하고, 바로 실천으로 옮기니 치는 족족 홈런!! 어때, 이제 고무줄처럼 늘었다 줄었다 살아야겠지?

06

청소하라, 얻으리라

R양, 그녀의 책상 위에서 한 번에 마우스를 찾는다면, 그것은 인천공항으로 배가 들어오는 일이요, 심청이 무이자 사채 얻어 아버지 눈 수술해줄 일이다. 업무 강도가 높은 부서라지만, 일을 하려면 분명 일할 공간만큼은 있어야 하지 않을까 싶지만, 그녀의 책상은 걸프전을 한창 치르는 전쟁터다. 그저 엉덩이 걸칠 공간과 14인치 모니터만 덜렁 보이는 것으로도 만족해야 한다. 반면 바로 등 뒤 맞은편의 남자, G대리는 먼지 한 점 못 보는 결벽증에 알코올로 날마다 키보드와 마우스를 닦는가 하면, 컵은 매일 집으로 가져가 소독해야 직성이 풀리는 사람이다. 저 둘을 반만 합쳐도 참 좋으련만, 우리 팀원들의 소망이다.

#사무실, 자리에 앉으며

G대리: R씨, 혹시 내 키보드 만졌어요?

R양: 키보드는 손 안 댔고요. 아까 부장님께서 서류 찾으시기에, 거기 있는 거 가져다 드렸는데….

G대리: 근데 여기 엔터 키 부근에 지문이 찍혔거든요. (에이, 저 여자 또 만졌구만. 아 짱나.)

R양: (약간 신경질적으로) 아니, 그게 제 건지 아닌지 어떻게 알아요? (은근 열 받네.)

G대리: 왜냐면, 전 일회용 장갑을 끼고 키보드 치니까요.

R양: 헉~! (지가 무슨 CSI야, 뭐야.)

여자가 아홉 꼬리는 달아야 성공한다

청렴결백 淸廉潔白

마음이 맑고 깨끗하며 욕심 따위가 없는 것을 말한다.

고대 로마의 시인, 유베날리스 가라사대, 건강한 육체에 건강한 정신이 깃든다고 했다. 맞는 말이다. 그렇다면 멋진 외모여야 멋진 직장생활이 깃드는 것일까. 삑! 틀렸다. 겉으로 보이는 부분 외에도 멋진 생활습관을 가져야 행복한 직장생활을 누릴 수 있다. 여자는 타고나기를 외모에 치중하고 예쁜 것에 감탄하며 자기가 매력적이길 원한다(이것은 남자가 지나가는 여자를 한 번 흘끔 보는 무조건 반사와 같다). 그래서 자신에 치중하는 시간과 투자를 아끼지 않는 경우가 많다. 여기에 한 가지 더 추가한다면 자신의 책상 중심으로 그 주변을 깔끔하게 정리해 정갈한 사무환경을 유지하는 것도 꼭 해야 하는 의무다.

실제로 하루 24시간 기준으로 가장 많은 시간을 보내는 곳이 바로 사무실 책상이다. 매일 쓰는 컴퓨터와 그 외 주변기기, 머그컵, 소소한 자신의 소품, 책과 서류철 등을 정리하는 일은 그다지 어려운 일이 아니지만, 습관처럼 사용하지 않는

여자가 아홉 꼬리는 달아야 성공한다

물건이 하나 둘 쌓여가고 그 위로는 뽀얀 먼지가 켜켜이 가라앉기 마련이다. 이렇게 절대적으로 업무공간을 깨끗하게 유지해야 하는 이유는 손으로 꼽기도 버겁다. 첫째, 늘 정돈된 환경은 업무능력을 두 배 높여준다. 둘째, 불필요한 시간 낭비를 줄여 효율적인 시간관리 효과까지 볼 수 있다. 셋째, 주변 동료에게 민폐를 끼치지 않을 수 있고 더불어 사무환경을 쾌적하게 만드는 데 일조할 수 있으니, 정리정돈을 잘하는 것도 자기관리의 비법이요, 쾌적한 비즈니스의 시작이다. 그렇다면 정리는 어떻게 하는 것이 좋을까?

개인 소지품은 상자 하나로 제한하라. 외국영화 속에서 '유어 파이어드(You're fired)!' 라는 해고명령과 함께 퇴장하는 주인공들은 대부분 세련된 박스 하나에 자신의 물건을 정리해서 당당하게 나간다. 얼마나 쌈박하고 쿨해 보이는가. 이삿짐센터를 이용해야 할 만큼 주체할 수 없는 물건을 두고 지낸다면 당신의 퇴장까지도 쪽팔리게 우울할 터. 개인 물품을 상자 하나 분량으로 제한하여, 책상 주변을 데커레이션 하자. 뽀대에 살고 뽀대에 죽는 우리가 아니던가.

액자 속 사진 하나는 기본이다. 업무에 쫓기다 보면 마음

1장 여우들의 마인드컨트롤

마저 여유가 없고 정신까지 고되어진다. 그러니 가족사진이나 아이 사진, 혹은 친한 친구 사진, 애인 사진 등 추억을 떠오르게 하는 사진 한 장을 책상에 놔두고 보자. 인간적인 느낌도 듬뿍 들고, 업무에 지칠 때쯤 한 번씩 보는 사진은 당신에게 영양제 그 이상의 역할을 해줄 것이다.

111클린운동. 111클린운동은 하루, 한 번, 일 분씩 일하는 공간을 청소하는 것이다. 밥 먹고 양치질하는 습관처럼, 출근해서 바로 책상과 그 주변을 한 번 닦도록 하자. 지나친 결벽증은 문제가 되지만, 자신의 주변을 깔끔하고 깨끗하게 유지하는 것이 자신의 건강에도 좋다. 실제로 마우스와 키보드에 세균이 엄청나다는 사실을 고려한다면 꼭 실천해야 할 것이다. 하나 더, 휴대폰도 하루 한 번 닦아주자.

여자가 아홉 꼬리는 달아야 성공한다

#2
여우들의
인간 마케팅

07

이 죽일 놈의 실수

사고뭉치 P씨, 오늘은 어째 조용하게 넘어간다 싶었는데, 암만 봐도 대형 사고다. 계약을 위해 입국한 상대 회사 파트너를 마중하러 나가는 일까지는 어찌어찌 넘어갔으나, 회사에서 회의를 마치고 나온 그들의 가이드 몫이 P씨에게 또 돌아간 것이다. 그래도 영어를 제법 구사하는 P씨이기는 하지만, 암만 봐도 꺼림칙하다 싶었는데 아니나 다를까. 한우 고깃집 경복궁에 모시고 가서 대접 잘하라 했더니, 리얼 궁궐 경복궁을 투어하고 온 게 아닌가.

O부장: 으이그, 지금 제정신이야? 비행기 타고 오느라 쫄쫄 굶은 사람들인데!

P씨: 그럼 그렇다고 말씀을 하시지이~~!

O부장: 코앞에 두고 맨날 가는 집인데, 당연히 거기지, 이 사람아. 웬 뜬금없는 궁엘 가…. (내가 미쳐!)

P씨: 에이. 그럼 고깃집이라고 말씀을 하셨어야죠. (저 봐 또 덤터기 씌우는 거.) 어쩐지 이상하더라. 담에 또 오면 고깃집 경복궁으로 데려갈게요.

O부장: 뜨아~~!

사람은 누구나 다 실수를 한다. 완벽하게 프로그래밍된 로
봇도 아니니, 실수는 당연지사. 게다가 한 번 실수는 병가지상
사라는 말처럼, 이기고 지는 일은 늘 있는 일이다. 사소한 실수
는 애교로 한 번 웃고 넘어갈 수 있는 일이지만, 너무 큰 실수
는 주변에 엄청난 피해를 주거나 파장을 일으키기도 한다.

하지만 실수의 크고 작음은 문제가 되지 않는다. 실수 후
유연하게 대처하는 방법이 중요한 것이다. 그러나 불행하게도
대부분의 사람들은 실수를 저지른 후 반성하기는커녕 오히려
화를 내거나 다른 누군가에게 옴팡 뒤집어씌우려고 한다. 설사
실수를 인정한다고 해도 무슨 변명과 핑계가 그리도 많은지 깔
끔하게 수긍하는 법이 없다. 이것이 실수에 대처하는 가장 최
악의 방법이라는 사실을 기억하자.

예를 들어 사람이 많은 지하철에서 누군가의 발을 밟았다

치자. 단박에 '죄송합니다' 하는 게 상식적인 행동이고 그러면 자연스럽게 상대 역시 '괜찮다' 고 할 것이다. 이렇게 되면 상황 종료. 그러나 실수에 대처하는 사람들의 자세를 살펴보면 밟은 사람은 모른 척, 오히려 밟힌 사람이 '발을 거기에 두고 있어 죄송합니다' 하고 고개 숙여야 하는 상황이 부지기수다. 또 어떤 사람은 '그러니까 제가 당신의 발을 밟게 된 이유는 지하철 이 코너를 돌며 생기는 운동의 법칙에 의해 자연스럽게 당신 쪽으로 기울어진 것이고 내가 아니어도 다른 누군가가 이 자리 에 섰다면 같은 상황이 발생했을 것이다. 그래도 혹시 아팠다 면 미안하다' 라고 길게 말한다. 자, 당신은 과연 이게 사과로 받아들여지는가?

무조건 실수는 바로 인정하자. 그리고 마음에서 우러나오 는 사과를 하자. 실수를 저지른 사람이 스스로 인정하고 진심 어린 사과를 하는 경우, 백이면 백 상대편은 받아들인다. 그러 나 오리발을 내밀거나 슬쩍 제3자에게 넘기는 비열한 행동은 비즈니스에서 아킬레스건이 될 수 있다.

변명은 NO! 사과에도 종류가 있다. '죄송합니다, 제 실수 입니다' 라는 깔끔한 사과가 있는가 하면, '사실은' 으로 시작해

여자가 아홉 꼬리는 달아야 성공한다

서 '어찌어찌하다 보니 이러저러했다'를 5분가량 하고 난 후,
'어찌됐든 죄송하다'라고 하는 식의 사과가 있다. 후자의 경우
는 차라리 하지 않는 편이 낫다. 구차한 변명이 담긴 사과는 받
는 사람도 불쾌하고 하는 사람도 유쾌하지 않다. 행여 오해가
있었더라도 사과 후 약간 편차를 두고 푸는 편이 좋겠다.

08

감성 비즈니스의
시작은 따뜻한 말

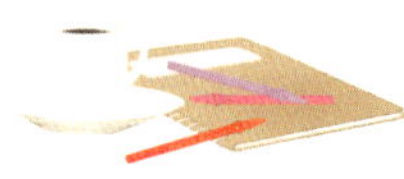

신입사원 U양, 솔직한 게 매력이라면 매력이고, 대놓고 솔직한 것이 문제라면 문제다. 대부분 말풍선으로 생략되어야 하는 속엣말을 전부 대화로 토해낸다. 순발력은 어찌나 좋은지 머릿속에서 떠오른 생각을 말로 옮기는 데 0.1초! 그녀의 무식한 솔직함은 만나는 사람들에게 한 아름의 상처 종합 선물을 공짜로 나눠 주기 일쑤다.

U양: (명랑 쾌활한 목소리) 어머! 부장님, 머리 깎으셨어요?

부장: (쑥스러운 듯) 계절도 바뀌고 해서, 스타일도 한번 바꿔볼 겸….

U양: 어머, 그러셨구나. 그렇게 잘라주고도 돈 받아요?

부장: (에잇, 빈정 상해!)

U양: 대리님, 이번에 승진하셨다면서요?

대리: (기쁜 얼굴로) 응. 그렇게 됐네.

U양: 축하드려요. 남들 다 과장 되는데 혼자 대리 되는 것도 튀는 거잖아요. 호호호, 한턱 쏘세요!

대리: (저 주둥이를 확!)

여자가 아홉 꼬리는 달아야 성공한다

신언서판身言書判

인물을 평가하는 네 가지 기준을 일컫는 말로 몸가짐, 말씨, 글씨, 판단력
을 의미하며 이를 모두 갖추면 감성 비즈니스 우먼이 될 수 있다.

옛날 중국 당나라 때 관리를 등용하는 과정에서 이 네 가
지 조건을 기준 삼아, 인물을 평가했다고 한다. 이것은 과거 역
사 속에서만 존재하는 기준이 아니라 지금까지도 이어져 오는
것으로, 면접을 볼 때도 상당히 영향력을 끼치는 조건이 되기
도 한다.

이 가운데 단시간 내에 파악할 수 있는 것을 고른다면 바
로 말씨이다. 인사를 나누는 순간, 첫마디를 나누는 순간, 자신
을 소개하는 순간에 자신의 인격을 바로 여과 없이 보여주는
것이므로, 우리는 한 마디 한 마디 내뱉을 때마다 신중해야 하
고 일단 내뱉은 말에 책임을 질 줄 알아야 한다. 특히 농담 한
마디라도, 상대방의 기분을 망치거나 상하게 하는 말은 칼보다
무서운 무기가 된다는 사실을 기억하라. 게다가 자신의 입에서
뱉은 숱한 칼들은 부메랑이 되어 돌아온다는 순리도 반드시 기
억해두자.

여자가 아홉 꼬리는 달아야 성공한다

유쾌한 아침인사 나누기. 이른 아침 마주치는 동료와 선후배에게 먼저 '굿모닝' 하고 유쾌한 인사를 건네자. 혹여 속상한 일이 있더라도 그날의 첫 시작인 만큼 밝고 쾌활하게 인사를 던지자. 바로 그 순간 상했던 마음이 절로 활짝 펴질 것이다.

36.5도 칭찬 나누기도 Good! 체온만큼 따뜻한 말 한마디는 상대방에게 힘이 되고 기쁨이 된다. 평소와 다른 패션으로 출근한 사람에게 칭찬 한마디, 업무를 훌륭하게 해낸 동료에게 칭찬 한마디, 기운 빠지거나 속상한 동료에게도 칭찬 한마디. 당신은 동료들의 따스한 에너자이저가 될 것이다.

09

라이벌 연가(戀歌)

3년차 X양과 Y양은 입사동기이자 전공도 같고 부서도 같다. 비슷한 조건의 그녀들, 서로 친구가 되어 의좋게 지낼 만도 하건만, 여자들의 뼛속 유전자 질투 때문이지, 아니면 핏속 라이벌 의식 때문인지 서로 못 잡아먹어서 안달이다. 게다가 얼마 안 남은 승진 발표 때문인지 더욱 까칠해진 X양과 Y양, 걸프전을 방불케 하는 전쟁터가 바로 그녀들의 사무실이다.

#결제서류 들고 사무실로 들어오던 동료

K대리: X씨, 지난번 그 프로젝트, 상무님이 오늘 칭찬 엄청나게 하더라는데.

X양: (호들갑스럽게) 어머, 정말요?

Y양: (믿기지 않는다는 투로) 정말 확실해요? 잘못 들은 거 아녜요?

K대리: 아냐. 확실해. (음, 이거 또 공포 분위기 시작이구만.)

X양: Y씨, 속고만 살았어? 하여간 남 잘되는 꼴을 못 보더라, 자기는. (한마디만 더 하면 알쥐?)

Y양: 사실 그 아이디어는 내 거였잖아. (도둑 주제에…) 회의할 때 대리님도 들으셨죠?

K대리: 그게, 그러니까… 아아아, 난 몰라. 퇴근한다. (아무나 이겨. 고래싸움에 새우등 터질 순 없어!)

여자가 아홉 꼬리는 달아야 성공한다

기선제압 氣先制壓

위력이나 위엄으로 먼저 기를 억눌러서 통제하는 모양새를 가리키며, 요즘
은 선빵을 날린다고 표현하기도 한다.

국내 호러 영화계에 새로운 전환점을 가져온 영화가 바로
여고괴담이다. 여고괴담의 스토리 역시 전교 1등과 2등의 서슬
퍼런 이야기가 아니던가. 기껏해야 숫자 한 끗발의 차이일 텐
데 목숨까지 버릴 정도니, 학창시절부터 키워온 그 서릿발이
어딜 가겠는가.

그 무섭디무서운 여자의 라이벌 의식은 적당하면 자극이
되어 노력하고, 발전하는 효과를 낳지만 넘치면 질투가 되어 시
기와 미움으로 가득 차 소름까지 돋기 마련이다. 간혹 사회생활
을 하다 보면 종종 같은 여자끼리 헐뜯거나 뒤통수치는 경우도
많아, 오히려 여자의 적은 여자라는 말까지 심심찮게 듣는다.
하지만 따져보라. 여자의 적은 남자(!)지, 절대 여자가 아니다.
게다가 남자 위주로 굴러온 세상은 아직도 여자들에겐 고달픈
야생의 세계이니, 정신 바싹 차리고 여자끼리 뭉쳐보자.

니 일이 내 일. 동료에게 좋은 일이 생긴다면 기꺼이 축하해주고, 같은 팀원임을 자랑하며 내일처럼 즐거워하자. 또 어리버리한 신입사원들의 해프닝이 이어진다고 해도, 당신의 초년시절을 떠올리며 이끌어주는 선배가 되자. 적과 은인, 백짓장 한 장의 차이다.

성숙한 사람이 되자. 특히 여자의 비율이 높은 직장이나 부서에서는 은근히 파가 나뉘어, 유치하기 짝이 없는 파벌 싸움을 하거나 누군가 잘못을 저지를 경우 꼬투리를 잡고 마녀사냥이라도 하듯 코너에 모는 일이 많다. 그러나 여자이기 전 성숙한 사람으로 심사숙고한다면, 다 같이 친하게 지내고 누군가의 실수쯤은 서로 덮어주는 매너를 보일 것이다.

여자가 아홉 꼬리는 달아야 성공한다

10

개성과 싸가지는
한 끗발 차이

2년차 평사원 A양, 일명 삑사리녀로 통한다. 일단 직장생활에 적응하기 시작하면, 이른바 단체라는 곳에 소속이 되어 어울리는 법이다. 하지만 A양은 단체 혹은 복수의 개념 따위는 아예 상실한 모양인지, 어딜 가나 자기 혼자 존재하는 듯하다. 막 입사했을 즈음은 아직 어려서 그런 거라고 감싸고 이해했지만, 아직도 한 치의 흐트러짐 없이 그리 지내니 다른 이들에게 반가울 리가 없다.

#팀원들 모두 회식장소에 둘러앉고

팀장: 자, 다들 수고했고 오늘은 삼겹살에 소주로 기분 좀 팍팍 내보자고.

팀원들: 네.

팀장: (주문한다) 여기 소주 세 병하고 삼겹살 사람 수대로 주세요.

A양: 어맛, 팀장님. 전 차돌박이요. 삼겹살은 넘 기름져요. (좀 럭셔리하게 먹으문 어디가 덧나!)

팀장: (애써 참으며) 그만 좀 튀지, A씨. 단체행동이라는 게 있잖아.

A양: 그렇죠? 하긴 우린 팀이니까… 죄송해요 팀장님. (고개 돌려 주방에 소리친다.) 아까 주문 취소구요. 여기 차돌박이 사람 수대로 주세요. 그리고 소주 대신 천년약속으로 좌악 깔아주세요. 저흰 단체라서 다 통일해야 하거든요. 호호.

팀장, 팀원들: 역쉬 삑사리~!

촉석봉정矗石逢釘

모난 돌이 정 맞는다는 속담을 일컫는 고사성어로, 단체생활에서 유난히 튀거나 모나게 행동하지 말자는 뜻.

하나가 아닌 둘, 둘이 아닌 셋 이상의 사람들이 모인 곳이라면 조용할 날이 없다. 성도 이름도 생김새도 다 다른 사람들이 자신의 개성을 잠시 접어두고 직장이라는 곳에 묻어가야 하니 바람 잘 날이 있겠는가. 하지만 우리는 이미 어른이라는 타이틀을 달고 사회라는 곳에 입문했기 때문에, 자신이 소속된 곳에 함께 조화를 이루어 행동하고 생활하는 것은 기본이다. 규칙으로 아예 정해진 사항은 물론, 통념상 지켜지는 여러 가지 룰 또한 정도를 벗어나지 않고 행동해야 한다. 그래서 싫어도 싫은 척하지 않고 따라야 하고, 그다지 마음에 들지 않더라도 마음에 드는 척해야 하는 것이 세상살이다. 그럼에도 불구하고 그런 척을 절대 하지 못하는 몇몇의 개인이 미꾸라지 마냥 회사물을 흐리거나 분위기를 깨뜨리니 미움을 받아도 싸지 싶다.

생각해보라. 하다못해 여러 명이 함께 치는 고스톱 판에서

여자가 아홉 꼬리는 달아야 성공한다

도 동네마다 각각의 룰이 있고 그 룰을 확실하게 지킨다. 쏘당이 있네 없네, 피박이면 따블이네 따따블이네 하고 시작 전에 교통정리를 꼼꼼하게 한다. 그러니 해당 동네의 룰을 따라주는 것이 예의거늘, 혼자서 배 째라 식으로 자기네 룰을 우겨댄다면 그 어느 누가 당신을 판에 끼워주겠는가.

집에서 보내는 시간과 회사에서 보내는 시간을 따져본다면 가족보다 직장 동료나 선후배가 훨씬 가까운 사이일 수 있다. 그런 사람들과 온종일 즐겁게 생활하기 위해서는 직장에 잘 어울리고 분위기를 조화롭게 하는 한 명의 멤버가 되어야 함을 기억하자.

간혹 팀의 홍일점이라는 둥 자신은 연약한 여자라는 둥 허튼소리를 하며 공주처럼 대접 받아야 한다는 착각 속에 빠져 사는데, 현실을 직시하라. 회사는 회사일 뿐, 무도회장으로 절대 착각하지 마라. 그러니 튀는 행동은 반드시 삼가라. 튀어나온 돌은 정에 맞을 일만 있을 뿐이다.

너는 내 박카스

M대리, 최근 만사가 귀찮고 몸도 마음도 왠지 지치고 우울이 바닥을 치는 중이다. 그렇다고 한 달에 한 번 걸리는 마법에 빠진 것도 아닌데 갱년기 중년부인 마냥 서글프기까지 하다. 왜 아니겠는가. 다람쥐 쳇바퀴 도는 느낌에 회의적인 생각이 드는 것도 무리가 아니고, 그렇다고 너무 잘나가 주시는 신바람 나는 직장생활도 아니니 그럴 법도 하다.

#사무실, 책상에 앉아 멍하니 넋이 나가고

H대리: 어이, M대리. 뭐 해? 넋을 어디다 두고 있는 거야?

M대리: (한숨 내쉬며) 어, 암것도 아니야. 왜?

H대리: 너희 부장님, 어디 가셨어? 휴게실에 손님 오셨던데….

M대리: 외근하신단 말 없었는데, 내가 전화해보고 전해드릴게.

(부장 휴대폰으로 전화를 건다.)

(잠시 후 어디선가 계속 휴대폰 진동소리가 언~ 언~ 들려오고)

(부장 책상 위 휴대폰 발견. 무심코 액정화면을 본 M대리, 가슴이 뭉클해지며 입가에 미소가 번진다.)

'우리팀 엔돌핀 000-0000-XXXX'

무인도에 혼자 툭 떨어졌다고 가정했을 때, 대부분의 사람
들은 먹는 걱정, 자는 걱정보다 혼자라는 사실에 먼저 무릎을
꿇게 된다. 혼자서 살아갈 수 없는 세상이 바로 우리의 직장이
건만, 워낙 경쟁시대라 그런지 동료보다는 경쟁자로 보는 경향
이 있다. 그렇게 개개인이 홀로 외롭게 싸워나갈 때, 지혜로운
누군가는 다 함께 뭉쳐 큰 힘을 발휘하며 전진한다는 것을 아
는가.

학창시절 누구나 한 번쯤 해봤을 마니또 놀이, 알지 못하
는 상대에게 한 달 동안 지극한 대접을 받게 된다. 힘겨운 입시
를 앞두고 열공에 지친 어느 날, 책상 속에서 발견한 딸기 우유
와 빵 한 봉지, 혹은 '기운 내'라는 귀여운 손글씨의 엽서 한 장
이 얼마나 당신을 기운 나게 해주었는지 기억할 것이다. 작지
만 수십 배의 큰 힘을 주는 마니또 놀이 덕분에, 우리의 학창시

절이 절로 따뜻해졌을 것이라 믿어 의심치 않는다. 그러니 당신의 건조한 직장생활에도 이제 마니또 바람을 팍팍 불어넣어 보는 건 어떨까!

밤늦게 야근하는 동료를 위해 작은 초콜릿 하나 슬쩍 밀어주고 간다든가, 이른 아침 잠에서 덜 깬 후배를 위해 모닝커피 한 잔 구수하게 내민다든가, 아니면 걱정 많아 보이는 상사의 책상 위에 작은 허브 화분 하나 살짝 올려둔다든가 등의 작은 행동은 엄청난 버터플라이 효과를 불러일으켜, 사무실 전체에 감동 열 배, 행복 열 배를 전해줄 것이다. 거창하게 계획을 세워야 하는 것도 아니니, 사무실의 행복 도우미로 나서 먼저 행동으로 실천해보자.

감성을 울리는 조건은 돈도, 명예도, 사랑도 아니다. 그저 베푸는 당신과 받는 사람이 느끼게 되는 행복이 마음을 울린다. 너무 인간적인 당신, 성공 비즈니스로 가는 일등석 티켓이 이미 예약되었다지 아마.

12

임금님 귀는 당나귀 귀

입이 싼 그녀, P양. 그 정도가 어찌나 심한지 P양이 알면 회사 전 직원뿐 아니라 경비 아저씨와 청소 아줌마까지 모두 아는 셈이다. 그래서 많은 사람들이 그녀의 입이 무서워 멀리하려 하지만, 못된 사람들은 퍼뜨리고 싶은 망언이나 뜬소문이 있을 때 은근슬쩍 그녀에게 흘리기도 하니, 먹이를 찾아다니는 하이에나 마냥 잘도 덥석 문다.

#사무실 복도

L대리: 이야, 오늘 분위기 왠지 근사한데, 저녁에 데이트 있어요?

P양: 어머, 대리님도. 저 원래 이렇게 하고 다녀요. 호호호.

L대리: (주변을 살피며 나지막이) 근데 혹시 그 얘기 들었어요?

P양: (조그맣게) 뭔데요?

L대리: 에이, 이거 말하면 안 되는데… 그럼 P씨만 알고 있어야 돼요. 알았죠?

(고개 끄덕이고 귓가에 무언가 속닥거리다 P양, 놀란 표정을 짓는다)

P양: 어쩐지… 그래 보이더라. 안 그래도 뭔가 이상하다 했는데….

L대리: 나도 엄청 놀랐다는 거 아니야.

다음날 회사 전체가 시끌시끌 시장 분위기로 돌변한다. P양의 입을 통해 순식간에 퍼진 소문은! **사장님 궁뎅이는 짝궁뎅이.**

언비천리言飛千里

발 없는 말이 천리 간다는 뜻으로, 말이 빠른 속도로 멀리 퍼진다는 의미. 직장 내에서는 자나 깨나 입조심, 말조심해야 한다.

'너만 알고 있어야 돼', '이거 비밀인데'로 시작하는 말, 아마도 해본 적도 많고 들어본 적도 많을 것이다. 그러나 우리의 조상님들이 내려주신 가르침에 따라 고기는 씹어야 맛이고 말은 해야 맛이라며 그 비밀은 삽시간에 퍼지곤 한다. 마치 이런 일에 쓰라고 만들어진 듯 인터넷이 한몫을 더하니 그 비밀은 공공연한 전 국민의 비밀이 된다.

게다가 이 '말'이란 것이 얼마나 유전자 조작이 심한지, 예를 들어 '사장님 궁뎅이가 짝궁뎅이래'로 시작한 말이 맨 마지막 들은 이의 입에서는 '사장님은 궁뎅이에 보톡스를 하도 맞아서 팽팽하다 못해 한쪽이 부풀었대'로 재탄생하게 된다.

여자가 아홉 꼬리는 달아야 성공한다

그래서 무서운 게 바로 말이다. 여럿의 입을 거쳐 소문은 악질 유언비어로 변하고, 진실은 사실과 전혀 다른 독이 되어 당사자를 두 번 죽이는 일을 행하게 되는 것이다.

당신이 이제 직장에서 가장 경계해야 할 것 중 하나가 바로 소문과 뒷담화이다. 여럿이 모인 곳에서는 말이 나오게 마련이고, 사실과 다른 오해와 편견을 불러일으키게 된다. 문제는 이 파란만장한 소문의 주연배우가 당신이 될 경우다. 사람들의 따가운 시선과 일하는 내내 떠안고 지내야 할 상처와 고통을 상상해보라. 그러니 지금 당장 소문을 입에 담아 누군가에게 퍼뜨리는 행동은 삼가자.

소문의 근원지가 되지 마라. 소문의 사안이 불거져 큰 문제가 되고 그 소문을 추적했을 때 당신이 지목되는 일은 절대 만들지 말아야 한다. 당신이 그 소문의 근원지라는 것을 안 순간부터 당신을 경계하게 될 것이고, 평이 안 좋은 직원으로 찍혀버릴 것이다. 물론 들은 말을 전했을 뿐이라고 아무리 우겨봐도 친구가 없을 것, 그것으로 상황종료다.

술자리 뒷담화. 사적인 자리에서 스트레스 주는 상사나 열 받았던 사연을 다 같이 씹었다고 치자. 그가 씹혀 싼 인간일지라도 그 자리에서 일어서는 순간, 나누었던 대화의 내용을 단기기억상실증 환자처럼 싹 지워버려라. 수다로 속을 비웠으니 그것으로 충분하다.

해우소는 비우는 곳이다. 사실 루머와 유언비어의 발원지 베스트 1위를 살펴보면, 바로 화장실이다. 혼자만 있다고 착각한 그곳에서 혼자 구시렁대다가, 혹은 누군가와 전화통화로 무심코 내뱉은 이야기가 퍼져나가는 것이다. 화장실, 장을 깨끗이 비우는 해우소의 용도로만 이용하자.

13

칭찬합시다

Z대리, 그는 누구든 3초 안에 기분 좋게 해주는 천부적인 기질을 갖고 있다. 특별히 잘생긴 것도 아니고, 베스트드레서라 불릴 만큼 옷을 잘 입는 것도 아니다. 그렇다고 돈이 넘쳐 주변 사람에게 선물 공세를 펴는 것도 아닌데, 딱 3초면 된다. 특히 여자 직원들에게 인기짱인 그의 비결은 과연 무엇일까!

#입사 OO기 신입여자모임, 하나 둘씩 모이기 시작한다.

신입 여1: 야, 너 Z대리님, 아니?

신입 여2: 얘기만 해봤어. 근데 정말 딱 3초더라.

신입 여3: (눈이 똥그래지고) 뭐? 조루증이야? 어머 슬프다.

신입 여2: 얘가 지금 먼 소리야? 암튼 과장님께서 소개해 주시는데 딱 3초 만에 정말 기분 좋게 하더라고. 내가 그 이유를 알아냈다는 거 아니야.

신입 여1: (급하게) 이유가 뭐야?

신입 여2: 립서비스! 정말 천재더라. 여자들이 좋아하는 그 코드에 딱 맞춰서.

(말꼬리를 급하게 빼앗아 또 끼어드는)

신입 여3: 머머어어얏! 립서비스까지 죽여준다구? (얼굴 붉히며) 어머, 이를 어째. 키스를 그렇게 잘한단 말이지?

신입 여1, 2: 그거 아니거든!! (어이구, 저 화상!)

가언선행嘉言善行

아름다운 말과 착한 행실을 의미하며 말 그대로 서로 칭찬을 주고받고 행동을 바르게 하는 습관을 갖자는 의미다.

립서비스, 돈은 한 푼도 안 들이면서 상대방을 기분 좋게 만드는 지상 최고의 선물이다. Z대리의 노하우 역시 '칭찬 립서비스'였다. 인간이 어찌나 간사한 동물인지, 쓰면 뱉고 달면 삼키는 본능을 어쩌지 못하고 자신에게 좋은 말, 칭찬 등을 해주면 모두가 좋아한다. 어느 날 그러니까 간만에 옷차림에 신경 쓰고 나간 날, 사무실 분위기까지 환해졌다며 동료나 상사가 인사 멘트 한마디 해준다면 하루 종일 괜히 들떠서 지내게 된다. 반대로 모처럼 유행하는 스모키 메이크업으로 출근했더니 '마늘 가져와라. 여기 드라큘라 왔다'라고 한마디 들으면, 찌질하고도 꽝인 하루를 보내야 한다.

뇌과학 분석자료에 따르면, 사람이 칭찬을 받을 때에는 뇌에서 '도파민'이 분비되어 의욕과 활력이 생기고, 더불어 면역 체계도 강화된다고 한다. 반대로 다른 사람에게 칭찬을 할 때에도 똑같은 현상이 일어난다고 하니, 칭찬은 결국 너도나도 건강해지는 비결인 셈이다. 스트레스를 받을 때 많이 분비되는 '노르에피네프린' 호르몬도 칭찬 앞에서는 쪽도 못 쓴다니, 무조건 칭찬부터 하고 볼 일이다. 자, 그럼 지금부터 칭찬하기 연습을 해보자.

마음에서 우러나오는 칭찬과 사탕발림 칭찬. 균형을 잃어버린 칭찬은 입 다물고 있는 것만 못하다. 업무 결과에 있어서의 칭찬, 평소 그 사람의 분위기나 기호 등에 관한 칭찬 등 마음에서 우러나오는 자연스런 칭찬은 약이 되지만, 어거지로 마지못해 하는 칭찬이나 아부 섞인 칭찬은 상대방에게 불쾌감과 모멸감을 주는 독약이 되니 센스 있는 칭찬 매너를 갖도록 하자.

쌩유를 입에 달고 살자. 박명수식 콩글리쉬로 통하는 쌩유!! 이 감사하다는 뜻의 'Thank you'만 잘해도 직장생활을 성공적으로 이끌 수 있다. '감사합니다'란 말에 유난히 인색한 우리는 '그걸 말로 해야 알아?'라고 멋쩍어 하지만, 말로 표현하

여자가 아홉 꼬리는 달아야 성공한다

지 않으면 상대방은 알 수가 없다. 사소하고 작은 일에도 '감사합니다, 고맙습니다'를 외쳐라. 칭찬과 쌩유가 무슨 관계냐고? 생각해봐. 칭찬 받으면 당근 인사해야지. 감사합니다, 꾸벅!!

14

누가 나의 모니터를 모함했는가

J과장은 직함이 직함인 만큼 작긴 해도 파티션이 세워진 자기만의 공간을 가지고 있다. 물론 유리를 통해 보이긴 하지만, J과장의 모니터가 창밖 쪽으로 향해 있으니 그녀의 모니터만은 항상 베일 속에 싸여 있다. 많은 직원들이 그녀의 모니터를 궁금해 하는 이유는, 모니터를 뚫어져라 바라보며 히죽히죽 웃는 모습이 자주 목격되기 때문이다. 과장의 스페이스로 접근하면 일단 모니터부터 끄는 습관이 있는지라, 지금도 풀리지 않는 회사의 수수께끼로 회자되고 있다.

#*자정이 가까워지는 시간. 모두 퇴근한 사무실, J과장의 자리만 환하게 빛이 비친다.*

J과장: (모니터의 불빛이 얼굴에 비치고) 아싸~! 히히히. (마우스 움직이는 소리) 빙고~!

(이때 바닥에 포복으로 슬금슬금 기어오는 그림자 하나, 용감무쌍한 같은 팀 대리다.)

J과장: (마우스 더욱 격렬하게 움직이며) 옳지! 쫌만 더 쫌만 더~! 오예!

(소리 없이 옆 파티션 유리를 통해 모니터를 살피는 대리, 경악하는 얼굴)

그녀의 모니터에는 못됐기로 소문난 찌질이 부장의 얼굴이 떡하니 자리 잡고 있고, 마우스로 실컷 뺨따귀 올려붙여 쌍코피를 터뜨리면 승리하는 플래시게임이었다!!

여자가 아홉 꼬리는 달아야 성공한다

교각살우矯角殺牛

뽈을 고치려다 소를 죽인다는 뜻으로, 작은 일에 힘쓰다 큰일을 망친다는 말이니 업무 도중 다른 일에 몰두하여 본업을 잊는 사태를 저지르지 말자.

웨버홀리즘(Webaholism)은 미국 피츠버그 대학의 킴벌리 영 박사에 의해 체계화된 개념으로 인터넷중독을 일컫는 말이다. 알코올이나 약물과는 달리 비물질성 질환으로 구분되는 인터넷중독은 현대인이라면 누구나 조금씩은 경험하고 있다. 직장에서 업무로 사용하는 것은 기본이고, 집에서도 역시 블로그와 기타 취미의 용도로 웹서핑을 즐기고, 출퇴근시 오가는 길에서도 휴대폰을 통해 인터넷에 접속하는 것이 현대인의 풀패키지 코스다.

상황이 이렇다 보니 업무시간 모니터 앞에서 일에 열중해 있다가도, 자신도 모르는 사이 삼천포로 슬쩍 빠져 다른 정보를 보고 있을 수도 있고, 삼천포의 삼천포로 빠져 엊그제부터 푹 빠진 블로그 글에 달린 리플을 확인하고 있을 수도 있다. 그러던 중 주변에 누가 지나가기라도 하면, 유난히 당황하거나 화들짝 놀라 도둑이 제 발 저리는 모양새를 하는 경우도 만만치 않을 것이다. 비굴하게 모니터에 유난히 착 달라붙어서 주변을 흘끗거리는 행동은 이제 그만하고, 깨끗한 정치를 외치는 정치인만큼이나 떳떳(!)하게 지내도록 하자.

익스플로러, 비켜! 분명 인터넷은 업무와 관련된 정보를 바로 얻기 위해서 확실히 편리하고 매력적인 도구다. 그러니 부디 꼭 필요할 때만 잠깐씩 사용하고, 그 외 개인적인 목적의 서핑을 즐기는 것은 업무 외 시간을 활용하자. 그리고 인터넷 브라우저에서 손짓하는 스타 연예인의 광고 배너, 화려하게 유혹하는 이벤트, 눈길을 사로잡는 신작영화 플래시 팝업 등에 낚이지 말자. 업무시간에는 불량식품과 같은 존재다.

택배 직원과 연애하기?! 가끔 개념을 상실한 지름녀들이 저지르는 실수 중 하나가 바로 주소지를 직장으로 이용한다는 것이다. 빨리 받아보고 싶은 마음이야 이해하지만, 택배 직원과 연애를 하는 것도 아니면서 하루 몇 번씩 배달되는 박스는, 주변 사람들에게 확실한 물증을 보여주는 것과 같다. 바로 당신이 업무시간 내내 쇼핑몰을 섭렵하면서 시간을 때웠다는 사실을!!

스크린세이버로 사생활 보호하기. 잠깐 자리를 비울 경우, 스크린세이버를 활용해 당신의 모니터 속을 타인이 관전하도록 하지 말자. 이것은 당신이 진행하는 중요 비즈니스와 문서, 자료에 대한 철저한 보안을 위해서 중요하다. 간혹 몰래 보던 야동(남자만 보란 법 있는가)이 상영되는 참사를 사전에 막을 수 있으니.

15

입장 바꿔 생각을 해봐

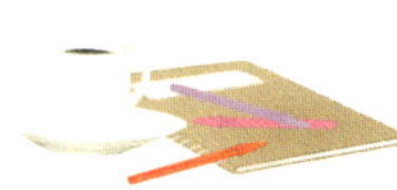

2년차 C양은 괴상한 논리의 소유자다. 남이 멋지게 일을 해내 실적을 올리면 누구나 다 할 수 있는 일이고, 자신이 한 건 해내면 아무도 할 수 없는 일을 해냈다고 한다. 어찌나 상황을 끼워 맞춰서 순발력 있게 말하는지 이젠 주변 사람들마저도 은근히 세뇌되어 C양의 괴상한 논리에 서서히 빠져들어 가고 있으니, 기막힐 노릇이다.

#구내식당, 신입사원과 마주 앉아 점심을 먹으며

C양: (속삭이듯) OO씨, 저기 홍보팀 대리 보이지? 옷 입은 것 좀 봐, 거의 속옷 수준이구만. 넘 구리지 않니? 어쩜 저러고 회사를 오냐.

신입사원: (마지못해) 아, 예에. (하여간 저만 잘났지. 쟤가 입으문 속옷 입고 설치는 거고 니가 입으문 시스루룩 패션이지?)

C양: 참! 얘기 들었어? 부장님 늦둥이 가지셨대. 세상에! 나이를 생각해야지 남사스럽게… 주책이셔. 그지?

신입사원: 그럼 부장님은 무식한 걸까요? 다복한 걸까요?

C양: (뜬금없다는 투로) 뭐? 무슨 소리야?

신입사원: 왜 있잖아요, 남이 아이 셋 두면 무식한 거고, 내가 아이 셋 두면 다복한 거잖아요. 그러니 부장님은 어디 속하냐고요!!

C양: (젓가락 놓으며 짜증나는 투로) 부장님은 애가 넷이거덩.

'내가 하면 로맨스, 남이 하면 스캔들'이라는 말이 있다. 아무리 똑같은 행동을 해도 자신에겐 한없이 관대하게 적용하지만, 남에겐 턱없이 인색하게 해석한다.

심리학에서는 이런 인간의 심리를 '행위자-관찰자편향(Actor-Observer Bias)'이라고 해석한다. 가장 흔한 예로 드는 것이 바로 운전자와 보행자의 입장 차이이다. 자신이 운전자일 때는 빨간 신호가 유난히 긴 것 같고, 반대로 다시 보행자가 되면 횡단보도의 파란 불이 무진장 더디게 들어온다고 느끼는 것, 바로 '행위자-관찰자편향'이다.

직장에서도 누구나 한 번쯤 경험해봤을 입장 차이, 침 튀겨가며 고래고래 흥분해서 부하직원에게 야단치는 상사에게 몰상식하다고 손가락질하지만, 정작 자신이 그런 행동을 하면 애정을 담고 한 일이므로 사랑의 질타라고 한다. 특히 여자의 경우는 화성이 아니라 금성에서 왔기 때문에 이런 편향이 더욱 심하고 보편적이라 할 수 있다. 하지만 이런 경우 없는 사람이 되어선, 비즈니스도 사랑도 인생도 미래도 없을지어다.

부디 나와 남을 따로 구분 짓는 행동은 멈추자. 그리고 기준이 있는 당신만의 공평한 잣대를 들어라. 나를 재는 자는 넉넉하고 후덕하다 못해 인치에서 센티를 넘나드는 최고급 줄자를 쓰면서, 남을 재는 자는 더도 덜도 없이 빡빡한 30센티미터 자로만 잰다는 것은 인간의 도리가 아니다. 당신만의 공평한 잣대를 적용해 생각한다면, 인간관계에 균열보다 믿음을 가져오게 되고 자신을 합리적인 사람으로 만들 수 있는 기회가 된다. 이런 공평한 잣대를 하나 갖게 되면, 비즈니스도 사랑도 인생도 모두 당신 편이 될 것이다. 이제 김건모의 '핑계'를 가슴속 애국가로 심어두고, '입장 바꿔 생각을 해봐. 네가 지금 나라면 넌 웃을 수 있니'를 매일 노래하자.

여자가 아홉 꼬리는 달아야 성공한다

16

불여우를 내 편으로 만드는 3가지 방법

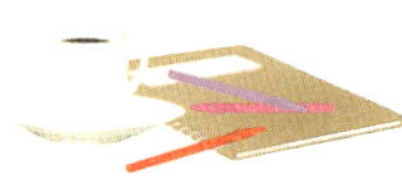

'킹왕짱' 이라면 '대단하다, 최고다' 라는 의미지만, Q과장은 우리들의 일 그러진 킹왕따다. 하는 짓마다 불여시 같고 잔머리는 얼마나 굴리는지 눈 뜨고 못 봐줄 정도다. 토요일 반납하고 업무를 마무리 지으라는 부장님의 지시에, 이 불여시는 백부상으로 지방에 간단다. 팀원들이 조의금과 차비를 챙겨 인사를 전하니 고맙다며 냉큼 사라졌다. 그러나 상. 황. 반. 전!!

#월요일, 소식통 J대리 사무실로 씩씩대며 들어온다.

J대리: 얘기 들었어? 야, 불여시 과장 때문에 미치겠다.

    (일찌감치 출근한 동료들과 후배 직원들, 다들 시선집중)

J대리: 백부상이 아니라, 주말 끼고 남친이랑 홍콩 놀러 갔대.

팀 일동: 엥~!

J대리: 그러면서 조의금이랑 차비는 왜 받아 가냐고. 아 재숩셔!

후배: 왠지 속는 거 같더라니… 나이 많은 노처녀 불쌍해서 봐주려고 했더니 해도 너무하는구만. 근데 어떻게 알았어요, 선배?

J대리: 잔머리도 제대로 써야지. 글쎄, 쫌 싸게 가보겠다고 내 친구 여행사에 예약해서 갔대. 바보 아냐?

    (모두가 할 말을 잃음.)

노마지지老馬之智

늙은 말의 지혜라는 뜻으로, 노인의 지혜와 경험이 소중하여 결코 무시할 수 없고 아무리 하찮은 사람의 지혜라도 언젠가는 요긴할 때가 있다는 말이다.

어딜 가나 고춧가루 같은 인간은 꼭 하나씩 있다. 인내심을 키워주는 용도로는 쓸 만하겠지만, 암을 비롯한 각종 질병의 원인이 되는 스트레스를 한 아름 안겨주니 독버섯 같은 존재다. 그러나 수학적으로 평균값을 내보면 어느 조직, 어느 팀이든 꼭 한 명씩은 서바이벌하고 있으니, 일단 스스로 마음을 먼저 비우고 떠안고 가야 한다.

일단 이런 불여시 특유의 스타일을 열거해 보겠다. 남 잘되는 꼴을 절대 못 봐 비꼬기 일쑤고, 능력도 없으면서 다른 사람 일에 초치기에 열을 올리는 언구제러블(구제불능)에, 입만 벌렸다 하면 뺑튀기에, 윗사람 앞에서는 0.1초 만에 내숭녀로 변신하는 초능력까지 발휘하는 등의 특징을 갖는다. 같은 여자지만 너무 얄미워 살짝 치워버리고 싶을 지경이다.

여기서 우리가 쉽게 범할 수 있는 오류를 짚는다면, 바로 선입견이다. 함께 일하는 동안 직접 부딪혔던 경험에 준하여 불여시 그룹으로 판단하는 것은 상관없지만, 오로지 다른 이를 통해 전해 듣거나 한낱 소문에 불과한 이야기로만 단정 짓는 것은 매우 위험한 일이다. 별것 아닌 소소한 오해가 쌓이거나 작은 일이 크게 부풀려져 오히려 상처를 받고 있는 사람도 상당수다. 이런 오류를 범하지 않고 불여우 같은 동료, 상사, 후배를 내 편으로 만드는 진짜 여우 전략을 한 수 배워보도록 하자.

악명 높은 사람과 친해져라. 어딜 가나 나치, 독사 같은 별명을 가진 악명 높은 사람은 있기 마련, 당신에게 이런 악명 높은 상사와 선배가 있다면 당장 친해져라. 이들의 공통점은 대부분 치밀하고 완벽하게 일을 처리하는 스타일이다. 오히려 비즈니스에 관한 오리지널 노하우뿐 아니라 일을 제대로 배울 수 있다. 게다가 이런 깐깐한 부류의 사람과 친해짐으로써, '당신만의 친화력'은 절로 돋보일 것이다. 이는 비즈니스에서 큰 장점이 된다.

삼세판의 기회를 주어라. 다시 말해 불여우 혹은 진상과 함께 일을 하게 될 경우, 세 번의 기회를 주는 여유를 갖자. 처음 일을 하다 보면 잡음과 마찰이 생기는 것은 당연하다. 그런

고비를 잘 넘기면서 친해지는 법이니, 한 번 두 번 세 번의 진상짓까지는 너그럽게 봐주자. 이런 시간차를 두면 상대방은 신뢰를 느끼고 스스로 태도를 고치는 경우도 많다. 물론 네 번째가 되면, 엎어버려! 뭉개버려! 얄짤없어!

공격 대신 선물도 불여우를 길들이는 좋은 방법이다. 대부분 불여우를 상대할 땐 일단 마음에 빗장부터 닫고 대한다. 그리고 여차한 상황이 발생하면, 파리를 낚아채는 개구리 마냥 냉큼 이리 오시오를 외치며 공격한다. 이럴 때 날카로운 공격 대신 커피 한 잔, 녹차 한 잔 건네며 대화를 시도해보자. 마음을 열면 불여우는 순한 토끼가 되고, 불여우까지 컨트롤하는 당신, 훌륭하다!

17

은밀한 꽃뱀

'떴다 이효리', 우리 회사 킹카 V양이 나타났을 때 모두가 외치는 외마디 비명으로, 이를 하루 열 번 외치면 그녀와 연애를 할 수 있다는 전설도 전해진다. 아찔한 옷차림에 착한 몸매, 허스키한 보이스, 뭐 하나 나무랄 데 없이 완벽한 섹시를 갖추고 있으니 그녀와 함께 근무하는 우리 회사 남자 직원들은 혜택 받은 '장군의 아들'이라 불리고, 같은 부서 남자직원들은 '신의 아들'이라 불린다.

#*거래처 사무실, 회의실 입구 커피자판기 앞*

담당자: (바리톤으로, 리마리오 버전) 혹시… OO회사 V양이신가요 오오?

V양: (입술을 내밀며) 우! 맞아아아요! 우!

담당자: 음. 듣던 대로 아주~ 아주~~ 섹쉬이이 하시구운요. 음!

V양: 소문은 너무 빨라요오오오, 우!

담당자: (느끼하게) 그런데 브이! 당신의 보이스는… 아! 마치, 마치 잘빠진 뱀… 느낌이랄까아! 음!

V양: (눈을 게슴츠레 뜨며) 우, 당신, 우! 당신은, 하늘을 멋지게 나는 매력덩어리, 한 마리 제에에뷔, 제비! 우!

담당자: (벽을 손으로 짚고) 꼬오오옷뱀! 이리 와요. 음! 회의실로 안내하죠. 음!

V양: 고마워어어요! 우!

여자가 아홉 꼬리는 달아야 성공한다

일어혼전천—魚混全川

흔들면 부드러워지는 술병을 들고 유혹하는 효리 언니, 만지면 반응한다는 전화를 들고 꼬리치는 지현 언니, 100년 할부로 사랑을 사고프게 만드는 태희 언니, 밤새고 나열해도 섹시한 언니들이 줄을 선다. 어디 여자뿐인가. 남자 가수가 노래는 안 하고 몸을 만들어 식스팩 하나는 기본으로 배에 장착해 주어야 하고, 근육질 욘사마의 퍽퍽한 닭가슴살 식단까지 국민식단으로 히트를 친다.

아, 진정 섹시코드가 대세로다. 마케팅에서부터 패션에 이르기까지 섹시를 테마로 잡지 않으면 성공하지 못한다는 속설까지 생기니, 이제 섹시하지 않으면 인정받지 못한다. 물론 섹시의 균형을 제대로 잡지 못하면 천박하거나 저렴해 보이는 부작용이 있긴 하지만, 그 폭발적인 인기 탓에 부작용 따윈 안중에도 없다. 이런 섹시우호주의 문화가 서서히 직장으로 은밀하게 진입하기 시작했으니 이제 몸을 사리는 것이 좋겠다.

섹시를 무기로 비즈니스 세계에 들어오는 것은, 시한폭탄을 안고 불을 당기는 것과 같다. 의외로 많은 여자들이 섹시로 단단히 무장을 하고 타깃을 조정하여 적당히 직장생활에 묻어가려는 경향이 있다. 몇몇의 개념 없는 부류는 아예 자신이 다니는 회사의 남자직원은 물론, 거래처의 남자직원에게까지 추파를 던져 작업에 임한다. (일을 좀 그렇게 해보라지) 그들은 일을 하기 위해 직장에 들어온 것이 아니라, 마치 남자와의 연애를 목적으로 들어온 양 남자킬러로 낙인찍힌다. 이런 행동은 꽃뱀이나 하는 짓이다. 한꺼번에 많은 남자직원과 유대관계를 맺어 회사 분위기를 문란하게 만드는 행동은 반드시 삼가라. 원래 이런 꽃뱀의 운명으로 회사에 들어온 경우, 오래 가지 못할뿐더러 자신의 경력을 명명백백히 망치는 지름길이다.

여기에 예외를 둔다면, 사내커플이다. 사내에서 서로 일하다가 애정을 싹 튀운 경우 업무에 붐업 효과를 가져오기도 하니, 정당한 연애를 하는 것은 그들의 몫이고 자유다. 자, 지금 이 순간 자신도 모르게 스멀스멀 올라오는 꽃뱀의 기운이 있다면, 꾹꾹 눌러 그 열정을 일에 쏟아 붓도록 하시오.

평화를 찾는 마지막 비상구

W대리, 우울하다. 과장으로 진즉 올라서야 할 군번이지만, 번번이 승진명단에서 미역국 신세다. 여자라는 이유로 남자에게 밀린 적도 있고, 그녀가 다 해놓은 일을 싹 가로챈 동료에게 밀린 적도 있다. 매번 이유도 다양하다. 그나마 이번을 마지막 기회라고 여기고 잔뜩 긴장한 W대리, 다른 회사에서 스카웃되어 온 나이 어린 유학파에게 삼진아웃 당하는 고배를 마셨다.

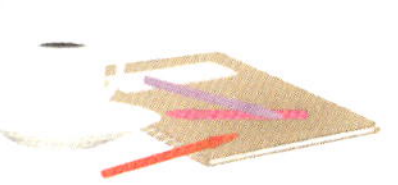

#일식집, 바에 나란히 앉은 두 여인

W대리: (술잔을 기울이며) 다 끝났어. 종 쳤다구. 개 같아!

친구: 원래 세상이 개 같아.

W대리: 한두 번도 아니고 이게 뭐야. 청춘 다 바쳐서 일하고 이렇게 폭삭 늙어버렸는데. 대접이 겨우 이거야?

친구: 너 아직 탱탱하고 예뻐. 그리고 일도 열나 잘하잖아.

W대리: (원샷하고) 쓰다 써. 인생이 쓰다구.

친구: 근데 너 그거 아니? 난 니가 부러워. 당당하고 언제나 똑 부러지게 일하고 놀기도 잘하고, 뭐 하나 빠지는 게 없잖아. (어깨로 슬쩍 W대리 어깨를 치면서) 그러고 보면 세상은 공평한가봐. 너무 잘나서 한 가지만 주지 말자 그러나 보지. 후후.

(동시에 씨익 웃으면서 술잔을 부딪친다.)

간담상조肝膽相照

간과 쓸개를 내놓고 서로에게 내보인다는 뜻으로, 서로 마음을 확 터놓고 친밀히 사귄다는 의미. 이런 사람 하나 있으면 평생보험보다 든든한 보물을 얻는 것과 같다.

《섹스 앤 더 시티Sex and the City》의 럭셔리판 미국 드라마 《캐시미어 마피아Cashmere Mafia》는 미국 상류사회 CEO급 여성 4명이 주인공이다. 하이 소사이어티 워킹우먼이라고 해서 우아만 떨 것이라 생각한다면 오산이다. 일개 직원이 아닌 회사 전체를 이끄는 리더이다 보니, 비상사태에 숨넘어가는 경우도 많고, 실수 하나로 그룹의 성패가 왔다 갔다 하는 판이다. 그럴 때마다 이 4명의 근사한 주인공이 똘똘 뭉쳐 서로를 돕고 위로하고 의지한다. 이 힘이 바로 그녀들이 굳건하게 자리를 지킬 수 있는 원동력인 것이다.

이처럼 여자에게 친구의 의미는 가족 그 이상이다. 시시콜콜한 문제부터 인생을 좌지우지하는 큰 문제에 이르기까지 친구 없이는 견디지 못한다. 걸판진 수다 한판으로 풀어내는 그 많은 것들은, 아무리 실력 좋은 의사일지라도, 촌수가 가까운

여자가 아홉 꼬리는 달아야 성공한다

すし

가족일지라도 해결하지 못하는 부분이다.

자, 그렇다면 지금 당신은 비상시 언제나 손을 뻗어 도움을 요청할 수 있는 친구가 몇 명 있는지 점검하도록 하자. 여기서의 친구라 함은, 학창시절을 함께 했던 죽마고우의 의미보다는 훨씬 포괄적인 개념이다. 평소 절친한 친구를 포함, 직장에서 만나 마음이 통하게 된 동료나 돈독한 관계를 유지하게 된 여자 선배, 후배까지도 모두 해당된다.

일을 하다 보면, 스트레스 받거나 억울하고 답답한 상황이 생기게 마련이다. 이때 허심탄회하게 털어놓고 기댈 수 있는 대상이 있다는 것은, 당신의 직장생활 생명력을 길게 연장시킬 수 있는 든든한 보험이 있는 것과 같다. 이때 친구의 의무는 묵묵히 들어주고 함께 이야기 나눠주는 것이 전부다. 말하고 위로하고 편을 들어주는 것만으로도 큰 힘을 준다. 지치고 힘든 당신의 직장생활, 그 마지막 비상구는 마음을 나누는 친구임을 명심하자.

19

긍정의 엔진에 날개를 달자

판매직 여사원 Y양과 N양은 죽마고우다. 둘이 떨어져 죽고 못 사는 사이로, 학교도 나란히 다니고 심지어 직장까지 같은 곳에서 일하게 되는 행운을 얻었다. 쌍둥이라 불릴 만큼 절친한 이 두 사람, 은근히 하늘과 땅만큼이나 다른 점이 있다. 결국 Y양은 올해의 판매왕으로 신문에 큼직하게 나오는 영광을 누리고, N양은 지방 촌구석으로 발령을 받는다. 과연 이 둘의 차이는 무엇이었을까?

#두 사람의 판매 양상

(구입한 물건에 하자가 있다며 환불을 요구하는 고객일 경우)

Y양: 죄송합니다, 고객님. 제품에 문제가 있네요. 원하시는 대로 환불 조치해 드리겠습니다.

N양: 자세히 보면, 이거 하자 아니거든요. 원래 제품 자체가 그렇게 만들어진 거예요. 뭘 몰라도 한참을 모르시네.

(이것저것 30분 넘게 펼쳐놓고 결국 사지 않고 나가는 고객일 경우)

Y양: 마음에 드는 게 없으신가 봐요. 다음 주쯤 새로운 것들이 다시 입고될 예정인데, 그때 한 번 더 들러주시겠어요? 감사합니다.

N양: (아무 말도 하지 않고 고객이 나가면 문밖에 소금 한 되를 뿌린다.)

마부작침磨斧作針

도끼를 갈아 바늘을 만든다는 말로, 아무리 어렵고 힘든 일이라도 꾸준히
노력하면 이룰 수 있다는 의미다. 스스로 할 수 있다는 긍정적인 생각으로
도전하면 목표를 이룰 수 있다.

때는 바야흐로 1920년, 프랑스의 약제사 에밀 쿠에는 환
자들을 통해 흥미로운 두 가지 발견을 하게 된다. 아프다고 매
일 떼쓰는 환자에게 몸에 전혀 해를 주지 않는 가짜약을 지어주
니 나았다 하고, 큰 병도 아닌 환자가 스스로 곧 죽을 거라고 걱
정하여 없던 병까지 얻게 되었다. 이에 가짜약을 먹고도 나을
수 있다는 '플라시보 효과(Placebo effect)'와 스스로 죽을병에
걸렸다며 없던 병까지 얻는 '노시보 효과(Nocebo effect)'를
발표하기에 이른다. 바로 '쿠에의 법칙'이다. 자기암시를 토
대로 한 이 법칙은 불행히도 그 당시 주목받지 못했지만, 오늘
날 인간 심리학이나 정신학에서는 유용한 이론으로 활용하고
있다.

그렇다. 긍정적인 사고와 부정적인 사고는 서로 다른 결과
를 가져온다는 것에 주목해야만 한다. 우리 주변에도 항상 좋

여자가 아홉 꼬리는 달아야 성공한다

게 생각하려는 사람이 있는가 하면, 유난히 투덜거리며 일단 투부터 다는 사람이 있다. 예를 들어 근사한 남자의 조건을 살펴보고 '키도 크다'라고 하는 긍정적인 여자와 '키만 크다'라고 하는 부정적인 여자가 있다고 치자. 결과는 긍정적인 여자와 결혼해서 지지고 볶고 행복하게 살 것.

직장에서도 이런 경우는 비일비재하다. 어떤 일을 시켜도 '네'라고 대답하고, 의견을 주고받을 때도 단점보다는 장점에 대한 애기를 먼저 하는 등 매사에 희망에 디폴트값을 두고 가는 사람이 있는 반면, 사사건건 토를 달아 '그게 될까?', '힘들지 않을까?' 하며 딴지를 걸고 실패의 사례만을 골라 드는 등 뒤틀린 시각으로 꽈배기 시비만 거는 사람이 있다. 당신이 회사 오너라도 긍정적인 사람과 함께 일하고 팀을 맺길 원할 것이다. 나아가 긍정적인 사고를 하는 사람이 자신감을 바탕으로 그 위에 추진력을 가동하면, 어느 누구도 막을 수 없는 막강 파워리더가 탄생하는 것이다.

은근히 불평불만이 많았다면, 오늘부터 자신에게 가짜약을 투여해보는 건 어떨까? 그리고 수백 년 전 쿠에의 환자가 그랬던 것처럼, 씩씩하게 희망찬 인생을 펼쳐보자. 남은 건 긍정

의 엔진에 날개를 달고 유유히 비즈니스 하늘을 날며 즐기는

일뿐이다.

단, 주의할 것은 생각 없는 예스걸은 추락할 위험이 있으니 추락
후, 약은 약사에게 진료는 의사에게!

20

양치기 소녀의 최후

구라쟁이 J대리. 구라의 정도를 따져보면, 그녀의 대화 중 조사 빼면 다 거짓말이다. 그러니 동료들은 그녀가 하는 말은 귓등으로도 안 듣는 것은 물론이요, 말 섞는 것조차 꺼린다. 또 어찌나 멍청한지 금세 거짓말해 놓고 그걸 기억 못해서 또 다른 거짓말을 하는 꼴이 딱 새 대가리 수준이다.

#J대리가 제일 잘 하는 거짓말 베스트

1위: 다 되어가요, 부장님.

2위: L양, 이거 과장님이 시킨 거야.

3위: 중요한 약속이 있어서 먼저 퇴근합니다.

4위: 차가 많이 막혀서 늦었어요.

5위: 이거 D대리한테만 말하는 건데.

자승자박自繩自縛

자신이 만든 줄로 제 몸을 스스로 묶는다는 뜻으로, 자신의 잘못된 말과 행동 때문에 결국 자기가 속박 당해 괴로움을 겪게 된다는 의미다.

거짓말에도 컬러가 있다는 사실을 아는가. 바로 하얀 거짓말과 새빨간 거짓말이다. 하얀 거짓말은 선의를 바탕으로 하는 거짓말, 예를 들면 간만에 뵙는 웃어른께 "젊어지셨어요, 나이를 거꾸로 드시나" 하고 띄워주거나 아이를 안고 있는 엄마에게 무조건 "이야, 장동건 닮았네" 하며 추켜세우는 등 사실 여부와 상관없이 기분을 유쾌하게 하는 거짓말이다. 아무리 남발해도 부작용이 없다.

반면 새빨간 거짓말은 자신의 편의에 따라 유리하게 내뱉는 거짓말로, 하기 싫은 일이 있을 경우 바쁘다며 빠지거나 남에 대한 비방을 일삼아 없는 사실을 만들어 피해를 입히는 거짓말이다. 하는 족족 자기에게 보이지 않는 올가미가 옭죄게 된다. 이 시점에서 당신은 어떤 컬러의 거짓말을 주로 하는지 솔직하게 따져보도록 하자.

여자가 아홉 꼬리는 달아야 성공한다

어떤 이의 별명은 사내에서 한남대교로 통한다. 매일 지각을 일삼고 한 번 외근 나갔다 하면 함흥차사인데 어디냐고 전화로 물으면 "한남대교요, 금방 가요" 하곤 1시간이 지나야 나타나곤 한다. 회사 앞에 한남대교가 있으니 어불성설이다. 그럼에도 여전히 변함없이 한남대교를 외치니, 이 사람은 자신의 거짓말을 아예 공식으로 지정해두고 쓰는 셈이다.

또 어떤 사람은 말 바꾸기 선수다. 분명 둘이서 정한 사실을 불리할 때는 남에게 책임을 미루고 교묘하게 빠져나가는 여시 같은 짓을 수시로 한다. 더구나 윗사람에게는 하얀 거짓말을 어찌나 남발하는지 듣는 이까지 불쾌하게 한다. 정말이지 하얀 거짓말까지 새빨간 거짓말로 바꾸는 신비한 능력까지 갖췄다.

이렇듯 우리 주변에서 흔히 볼 수 있는 사례의 주인공이 당신이라면, 노선 변경이 필요하다. 비즈니스라는 게임은 신용, 믿음을 기본 풀세트로 시작하는 게임이다. 타짜처럼 절묘하게 속여 이익을 취하거나 앞에선 미소를 날리면서 뒤로 무기를 휘두르는 행동으로는 절대 오래 가지 못한다. 게다가 일단 믿음을 깨는 행동을 한 후라면 게임 끝이다. 아무리 첨단 세상이라도 믿음과 신의는 복원 불가능이다. 양치기 소년이 늑대에

2장 여우들의 인간 마케팅

게 먹히는 끔찍한 참사가 왜 일어났겠는가. 그놈의 새빨간 거짓말을 즐겨가며 다른 이들까지 위협하니 믿음을 잃는 것은 당연한 것이요, 그 어느 누구도 한편이 되어주지 않았기 때문이다. 그러니 다음의 사항들을 꼭 가슴 깊이깊이 새기길 바란다.

베짱이 거짓말, NO! 일을 좀 덜 해보겠다고 잔머리를 있는 대로 굴리는 베짱이 스타일의 거짓말은 하지 마라. 당신에게 떨어진 일은 군소리하지 말고 성실하게 마쳐라. 그것이 믿음을 다지는 밑거름이다.

곰탱이 거짓말, NO! 딴에는 안 돌아가는 머리를 굴렸으나, 다른 이들에게 너무 빤히 보이는 거짓말로 듣는 순간 서로 무안해지기까지 하는 미련한 곰스타일의 거짓말도 하지 마라. 어차피 금세 탄로 날 거짓말은, 스스로 '나 뇌가 없소' 하고 공언하는 것과 똑같다. 또 조사하면 다 나와!

전갈 거짓말, NO! 악의는 없었다지만, 일단 내뱉어진 거짓말의 결과가 상상초월 걸프전 수준이면 당신은 독을 가진 자로 사회에서 분리수용할 대상이다. 이런 치명적인 전갈스타일의 거짓말은, 한 사람의 인생을 망치거나 조직을 와해시키는 살인행위와 같음을 기억하고 절대 삼가자. 자신을 낳아주신 부모님의 이름을 걸고!

21

Don't be a man,
Do be a human!

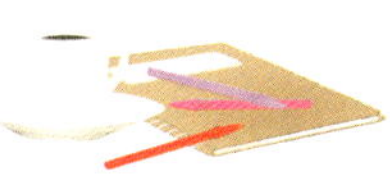

딸 부잣집에 막내인 S대리는 남자를 목표로 두고 승승장구하겠다는 야심 찬 포부가 장래희망이었다. 허접한 대우를 받고 혼자 크다시피 한 서러운 과거에 대한 복수심이라고나 할까! 1차 목표였던 대기업에는 합격했으니, 이제 남은 것은 그 어느 남자보다 더 유능한 여자가 되는 것이 2차 목표! 현재 부지런히 달리는 중이다.

#S대리의 같은 팀 남자직원 소개

부장: 여자와 그릇은 밖으로 내돌리면 무조건 망한다는 주의로, 여자직원은 무조건 부려먹으려 든다. (우리 회사 사장님-여성 CEO-한테 한 대 맞아야 정신 차리지!)

과장: 맞벌이부부로 고소득 전문직 아내보다 월급이 한참 낮아, 노상 집에서 집안일 하느라 회사에서 주부습진과 피로를 호소한다. (그냥 집에서 살림해라!)

대리: 4대 독자 외아들 출신, 회사의 모든 일을 시간대별로 엄마에게 보고하는 마마보이로 서류사인 받으러 갈 때 엄마에게 허락 받고 간다. (왜, 사표 쓰는 것 좀 도와달라고 하지?)

신입사원: 전형적인 작업남으로 여자는 일단 사냥감으로 취급, 썩소를 날리며 들이대기 바쁘다. (쨔샤! 여기 무도회장 아니거든.)

광풍제월光風霽月

시원한 바람과 맑은 달이란 뜻으로, 아무 거리낌이 없는 맑고 밝은 인품 또는 훌륭한 인품을 나타낼 때 쓰이기도 한다.

언젠가부터 남자와 여자의 성이 무너지고 있다. '화성남자 금성여자'로 항상 첨예한 대립관계에 놓인 이 두 그룹이 서서히 화해의 모드를 만들어가고 있는 중이다. 쇼핑 좋아하고 요리 잘하는 남자가 뜨는가 하면, 일 잘하고 재능 있는 여자가 인기를 모으고 있다. 서서히 크로스오버 현상이 일어나니 바람직한 현상이 아닐 수 없다.

그럼에도 불구하고 여전히 발바닥에 땀띠 나게 뛰는 비즈니스 현장에서는 아직 남성의 존재가 더 건재하다. 그래서 성공하고 싶은 욕망과 커다란 꿈을 가진 도전녀들의 목표와 타깃은 항상 남성에게 향해 있다. 사회성이 강한 남성의 면모를 배우려 하고, 한 번에 일을 몰아붙이는 파워를 본받으려 한다. 이것은 살벌한 조직에서 살아남기 위한 생존법이기도 하거니와, 태어날 때 조물주가 전해주지 않은 몇 개의 유전자를 후천적으

여자가 아홉 꼬리는 달아야 성공한다

로 메우려는 본능이기도 하다. 도전정신에 별 5개, 승부욕에 백만 표를 주고 싶으나, 2퍼센트 부족하다. 옳지 않은 타깃 때문이다. 당신이 향해야 할 과녁은 남자가 아니라 인간, 즉 휴먼임을 상기하라!

먼저 남자는 승리를 따지지만 인간은 공감을 따진다. 남자는 목표달성을 이루어 승리했다면 그것으로 만족하지만, 인간은 승리하기 위해 많은 공감을 얻고 그 후 목표를 이룬다. 남자보단 인간이 한 수 위다. 또 커뮤니케이션에 있어서도 남자는 자신의 의견으로 상대를 움직이려 하지만, 인간은 상대의 의견을 듣고 조율해서 움직인다. 강압적인 인상을 주기보다 호의적인 인상으로 포용할 줄 아는 지혜를 발휘하니, 역시 인간이 한 수 위다.

그 외에도 남자는 상하관계를 원하지만, 인간은 평행관계를 선호한다. 경쟁심이 투철한 남자는 어디서든 상하를 조율하고 상석에 자리하여 명령을 내리는 것에 쾌락을 느끼지만, 인간은 동등한 입장에서 눈높이를 맞춘 후 일을 진행하는 것에 즐거움을 느낀다. 이 역시 인간이 한 수 위다. 삼판삼승!

전 세계는 지금 감성비즈니스 시대로 돌입했다. 이것은 사람, 즉 인간다운 면을 극대화해 성공을 향해 가는 새로운 방식의 비즈니스다. 당신의 미래 타깃이 '남자'가 아닌 '인간'에 맞춰진다면, 당신은 프리미엄 티켓으로 아우토반을 무한질주할 일만 남았다. 'Don't be a man, Do be a human!'

#3
여우들의
업무 필살기

22

이메일 달인 되기 1

도는 소문에 의하면, 국문학도였던 Y씨는 대학시절 과수석으로 입학은 물론 졸업까지 했고, 문학상도 여러 차례 수상했다고 한다. 그런 이력이 있으니 홍보실에 떡하니 입사를 한 것이겠지만, 역시 소문은 소문일 뿐 함께 일하는 사내 직원이나 대외적으로 비즈니스를 유지하는 사람들은 '그것을 알려주마'에 의뢰해서라도 Y씨 이력의 진실을 파헤치고 싶어한다.

#과장 부재시 그녀가 붙여둔 포스트잇 메모 한 장. '부장 전화요~!'

과장: 이 메모, 누가 썼어? (두리번거리며)

Y씨: 저요. 왜요? 오타 났어요?

과장: (끓는다. 끓어.) 아 다르고 어 다르다고, 부장이 니 친구야? 부장이 뭐야 부장이?

(이때 지나가던 부장)

부장: 아니, 이 과장. 불만 있으면 나한테 얘기할 일이지. 왜 이렇게 사무실에서 소리를 지르고 난리야! 난리가! 당장 내 사무실로 와!

#Y씨, 외부 거래처 담당자에게 보낸 이메일 한 통

> 이따가 거기서 회의할 거구요.
> 그때 말한 거 다 챙겨 오삼.

안서예절 雁書禮節

기러기가 전해주는 편지란 뜻으로 편지를 지칭하는 말이 안서, 즉 편지를
주고받을 때의 예절을 말한다.

무슨 비밀요원이 주고받는 암호처럼 궁금증 천지인 이 한
통의 메일로, 프로젝트는 완전 쫑 났다. 스네일 메일 대신 이메
일이 등장한 것은, 비즈니스를 하는 사람에게는 획기적인 일이
었다. 불필요한 시간을 낭비하지 않아도 될 뿐 아니라 경제적
인 면에서도 효자 노릇을 톡톡히 한 것이다. 시공간을 초월하
는 기특한 이메일은 그래서 이 시대에 없어서는 안 될 경쟁무
기가 되기도 한다. 안주로 시키는 골뱅이가 인터넷 안에서 이
렇게 실력 발휘를 할 줄은 그 누구도 예측하지 못했을 터.

그러나 이렇게 편리한 문물 역시 사람이 사용하는 것이다
보니, 서서히 단점이 노출되기 시작했다. 클릭 한 번으로 지구
건너편까지 순식간에 보낼 수 있는 메일이지만, 기계상의 오류
로 전달되지 않을 때도 있고, 중요한 문서가 제시간에 들어가
지 않아 애를 태우기도 한다. 또 이를 악용하여 보내지도 않고

3장 여우들의 업무 필살기

쇼를 하는 경우도 있다. 이런 쇼에는 영화표가 공짜로 오지 않는데도 말이다.

이런 사소한 단점은 차라리 애교라고 할 수 있다. 요즘은 돌연변이 진화로 애인과 이별을 할 때도 이메일 전달, 회사 퇴출을 명할 때도 이메일 통보, 욕을 할 때도 이메일을 띄우는 실정이다. 그러나 무엇보다 문제가 되는 것이 말이 아닌 글이라는 점이다. 말이란 얼굴을 보고 또 눈을 보고 하는 것으로, 상대방의 의중을 어느 정도 인지할 수도 있고 억양에 따라 농담인지 진담인지 구분이 되지만, 글이란 그 의미를 파악하기 힘들뿐더러 조금이라도 돌려서 표현했다간 큰코다치기 일쑤다. 섣불리 행간을 읽었다간 멱살 잡고 싸움 날 일도 부지기수다. 게다가 어찌나 빨리빨리병 말기 증상에 시달리는지 할 말만 툭 던져버리고 마는 이메일은 정도 마음도 없는 종이 짝보다 못한 느낌이 들기까지 한다. 그러니 당신의 업무 관련 이메일은 과연 몇 점짜리인지 다시 한 번 돌아볼 일이다.

이메일도 대화하듯 보내보자. 이메일을 모니터 안에 박힌 조그만 창이라고 간주하지만 말고, 수신인을 직접 마주 보고 이야기하는 마음으로 임하라. 그렇다면 서두에 가벼운 계절인

여자가 아홉 꼬리는 달아야 성공한다

사 혹은 안부인사는 애피타이저요, 본 용건 후에 부드러운 마무리 인사는 디저트가 될 것. 앞뒤 없이 용건만 한두 줄 써진 성의 없는 메일은 불쾌한 마음을 불러일으킨다.

그리고 보내기 버튼 클릭 전, 리뷰는 필수다. 메일을 작성한 후 내용을 꼼꼼하게 다시 한 번 읽어보자. 틀린 글자와 맞춤법을 바로잡을 수도 있고, 모호한 문장을 수정함으로써 오해의 소지를 막을 수도 있다. 더불어 파일을 첨부해야 하는 메일이라면 파일이 누락되진 않았는지, 혹은 다른 파일을 넣어 보내는 엄청난 실수를 저지르지는 않는지 꼭 살펴 돌이킬 수 없는 실수를 사전에 막도록 하자.

23

메모는 나의 힘

IQ180을 자칭하는 T과장. 회의 때마다 넘치는 아이디어를 주체하지 못하고 속사포처럼 쏟아내어 모든 사람들을 경악하게 한다. 하지만 머리가 지나치게 영민하면 거꾸로 멍청해질 수 있다고 했던가? 회의실 문을 나서는 순간, 그 모든 것은 상황종료다. 심지어 양평으로 회사 단합대회 가기로 한 날, 그는 회사에 나가 출근도장을 당당하게 찍은 장본인이기도 하다.

L대리: (후배직원들과 복도에서 마주친다.) 과장님, 점심은 드셨어요?

T과장: (고개를 갸웃거리며) 점심? 음… 그러니까….

L대리: 못 드셨어요? (그럴 줄 알았지, 예의상 물어본 건데 아 놔~!)

T과장: 내가 어느 쪽에서 오고 있었던 거지?

L대리: 저기 휴게실 쪽에서 오셨잖아요.

T과장: 구내식당 옆이 휴게실이니까… 아, 지금 밥 먹고 오는 중이야.

L대리: 뜨아!

여자가 아홉 꼬리는 달아야 성공한다

건망증은 세월의 연륜이 묻어나는 나이에 다사다난했던 인생의 훈장처럼 겪기 시작하는 증상이었으나, 세상이 훌쩍 변했다. 까마귀 고기를 단체 복용이라도 한 듯 이제 아이 어른 할 것 없이 크고 작은 건망증 하나는 달고 산다. 이는 디지털 세상의 부작용으로 휴대폰이나 전자사전, 노트북 등의 편리한 디지털기기 의존도가 높아짐에 따라 '디지털치매'라는 신종병을 앓게 된 것이다.

뭐 한두 가지 깜빡하거나 코믹한 상황을 부르는 건망증이야 애교로 봐주고 웃음으로 넘길 수 있으나, 업무에 막대한 지장을 주거나 큰 손해를 끼치는 등 팀 전체를 쥐었다 폈다, 여러 번 지옥 관광 시키는 건망증은 자신의 명줄을 재촉하는 일이다. 휴대폰으로 한 두어 번 마우스질을 해본 경험이 있다면, 이제 자신의 건망증에 경종을 울려 잠자는 뇌를 깨워야 할 것이

여자가 아홉 꼬리는 달아야 성공한다

다. 여기 그 해결 방법이 있으니 실천해 보도록!

건망증에 포스트잇은 필수품. 작은 포스트잇에 중요한 사항이나 잊어서는 안 될 약속을 모두 써서 관리하도록 하자. 그날그날 해야 할 일을 적어 책상에서 잘 보이는 위치에 붙여두고 하나씩 해결될 때마다 떼어버리는 습관을 갖자. 절대 손해 볼 일은 없을 것이다.

작은 수첩과 펜도 필수다. 회의에서 주고받은 내용을 디테일하게 써두거나, 좋은 아이디어가 떠올랐을 때도 꼼꼼하게 적어두면 나중에 효과 있게 써먹을 기회가 생긴다. 단, 키워드만 적어둔 후 못 알아보고 머리를 쥐어짜는 상황을 만들지 말자.

휴대폰 알람기능. 중요한 일과 미팅, 잊어서는 안 될 사항을 시간대로 예약해두면 메모 알람기로 매우 훌륭하게 사용할 수 있다. 전화만 하는 휴대폰, 아닙니다. 만능으로 활용하는 휴대폰 맞습니다~!

똑바로 말하고 분명하게 답하라

D양, 이제 막 대학교를 졸업하고 사회에 입문한 꿈 많고 기대 부푼 사회초년생이다. 낙타가 바늘구멍 들어가기보다 더 힘들다는 취직의 문을 턱걸이로 간신히 통과하고, 이제 막 부서 배정을 앞두고 각 부서마다 돌면서 트레이닝 중인데, 그새 그녀에게 별명이 생겼다. 곰팡녀. 예쁘장한 그녀에게 이게 무슨 도라에몽 하품하는 소리인지 궁금할 것. 말수가 너무 없어서였다. 하루 동안 그녀가 밥을 먹을 때 빼고는 입 벌리는 것을 본 적이 없을 정도라니 사태가 보통 심각한 것이 아니다.

#인사팀, 부서 배정 전 면접

팀장: D씨, 회사 전 부서를 돌아보니 좋았어요?

D양: (고개를 힘차게 끄덕인다.)

팀장: (얘 머야? 초등생이야?) 선배 직원들이 별로거나 문제가 됐던 적은 있었나요?

D양: (고개를 힘차게 가로젓는다.)

팀장: (바보 아냐?) 음음! D씨는 어느 부서가 본인의 적성과 제일 맞는 것 같던가요?

D양: (참았던 봇물 터지듯) 역시 질문질 많이 하네요. 음, 꼰대들이 마음에 들었던 부서는 홍보팀, 거의 우왕ㅋ 굳ㅋ이었고요. 젤 짱 났던 영업팀은 대충 눈팅만 했고요. 근데 동기들 중에 찌질한 애들 꽤 많던데 걔들은 낙하산이에요?

여자가 아홉 꼬리는 달아야 성공한다

팀장: (아니 이런 물건을 어디서 뽑았어?) 여기가 인터넷질 하는 피
씨방인 줄 알아? 여긴 대기업이야 대기업!

D양: (벌떡 일어나 빽 소리친다.) 즐!

언사안정言辭安定

말은 안정되고 바르게 써야 하며 쓸데없는 말은 삼가라는 뜻으로, 어른다
운 언어구사는 직장인의 필수요건임을 강조하는 말이다.

단편적인 우리의 교육 스타일에 비하면 선진국의 교육은 지극히 입체적인 편이다. 자신의 생각과 의사를 정확하게 표현할 수 있도록 유도하는 발표와 공개 토론 스타일로 운영된다. 하지만 우리는 입시를 향해 전투를 벌이듯 주입식과 암기식의 교육에만 열을 올린다. 그러다 보니 어느 자리에서건 자신의 의사표현에 서툴다. 더욱이 장유유서에 대한 사상이 강한지라 어른 앞에서 자기 생각을 말했다가는 버르장머리가 없는 사람이 되기 십상! 대충 눈치로 그 상황에 맞게 대답을 얼버무려야 미움을 받지 않는다.

하지만 이제 더 이상 그런 두루뭉술한 줏대로는 냉혹한 비

3장 여우들의 업무 필살기

즈니스 세상에서 버틸 수가 없다. 똑똑하고 분명하게 의사표현을 하고 자신의 의견을 논리적으로 피력할 줄 알아야 한다. 이렇게 서로 분명한 의사를 주고받게 되면, 업무에 있어서도 실수를 확실하게 봉쇄할 수 있고 의사 타진을 하기에도 편한 존재가 되기 때문에 절로 돋보일 수밖에 없다. 그럼 똑 부러지게 자기 생각을 말하려면 어떻게 해야 할까?

논리를 가져라. 상대가 묻는 질문에 정확한 답변을 하는 것도 재주고, 문제의 핵심을 정확하게 골라 상대에게 의견을 구하는 것도 다 말솜씨에 좌우되는 것이다. 상당수의 생각 없는 사람들은 질문이나 답변에 동문서답하는 경우가 많은데, 이런 경우 중고등학생의 논술 참고서를 보면 많은 도움이 될 것!

유딩어투는 버려라. 회사 입사할 나이면 어엿한 성인이거늘, 유치원생이나 쓸 법한 말투를 사용한다는 것은 무리가 있다. '그래 가지구요…' 하고 말끝을 길게 끌고, '네'라고 정확하게 대답하는 대신 '에. 에' 하는 식으로 말꼬리를 마무리 짓지 못하는 대답은 짜증 쥐대로다. 부디 어른다운 말투, 나이에 걸맞은 말투를 지니자.

예스 or 노. 중요한 결정에서부터 소소한 결정에 이르기

까지 예스, 노를 정확하게 대답하자. 음식점에 가서도 다들 주

문하고 나서도, '어… 어…' 하고 망설이고 있거나 이랬다저랬

다를 반복하는 것은 시간낭비다. 미적미적거리기보다 결단력

있고 똑 떨어지는 대답 습관은 워킹우먼의 필수!!

25

그대 이름은 얼리어답터

U대리는 얼리어답터. 새로운 장비 혹은 톡톡 튀는 사무용품에 대한 정보를 남들보다 먼저 듣고 써보는 게 취미다. 또 그런 장비를 사서 며칠 반짝 즐기는 게 아니라, 본인에게 필요한 장비만을 신중하게 골라 어찌나 업무에 어울리게 척척 잘 쓰는지, 주변 남자직원들의 인기를 한 몸에 받는다.

#책상 위로 커피 한 잔 슬쩍 들이밀며

동료 1: U대리, 나 이번에 전자사전 하나 사려고 그러는데 뭐가 좋을까?

U대리: 출장 자주 다니니까 외국어 기능도 좋지만, 장시간 비행기에서 지루하지 않게 영화도 볼 수 있는 것도 괜찮을 거 같은데.

동료 1: 그런 것도 있어? 역시 U대리야. 멋지다니까. 쌩유.

동료 2: U대리, 나도 나도. 어제 이 휴대폰 떨어뜨렸거든. 근데 먹통이 됐네. 이거 좀 고쳐주라~!

U대리: 야, 난 순돌이 아빠 아니거든!(저러니 맨날 허당이란 소릴 듣지 으이그!)

여자가 아홉 꼬리는 달아야 성공한다

화룡점정畵龍點睛

일을 완성하기 위해서 마지막에 더하는 중요한 마무리에 비유한 고사성어. 업무 보완을 위해 활용하는 디지털 장비 하나가 바로 용의 눈만큼이나 중요한 몫을 하여 실력을 돋보이게 함을 강조하는 말.

참 행복한 디지털 세상이다. 편리하면서도 똑똑한 장비가 주변에 차고 넘친다. 많은 이들이 그런 장비는 여자보다는 남자가 훨씬 잘 쓸 것이라는 고정관념을 갖고 있지만, 비즈니스에 어디 남녀가 따로 있더란 말인가. 국내외 드라마 속 잘나가는 비즈니스 우먼들은 잘빠진 휴대폰을 손에 꼭 들고 다니면서 여느 남자들보다도 더 잘 활용한다. 잘 키운 휴대폰 하나가 비즈니스의 성공을 좌우한다면, 어찌 외면할 수 있으리오. 새로운 장비 하나 장만해서 근사하게 써볼 생각은 저만치 미뤄두고, 우리 모두 평소 지니고 다니는 휴대폰이라도 제대로 써보자.

먼저 전화를 걸고 받는 기능은 제외하고, 수십만 원 대의 거금을 주고 구입한 자신의 휴대폰 주요 기능을 꿰뚫자. 스케줄 관리와 더불어 알람기능은 중요한 미팅이나 회의에 대한 리마인드 용으로 뛰어난 역할을 하고, 메모와 녹음기능은 순발력

여자가 아홉 꼬리는 달아야 성공한다

있는 노트기능으로 활용할 수 있다. 또 영한사전과 한자사전은 물론이고 굳이 PC 없이도 급한 이메일 체크가 가능하니 당신에게 더없이 훌륭한 비서가 되어줄 것이다.

이 시점에서 한 번쯤 체크해볼 것은, 지금 사용하고 있는 휴대폰이다. 기기에 별 욕심이 없어 그저 전화만 하는 편이라 '벽돌'이라 불리는 가전제품류의 휴대폰을 쓴다면, 이제 한 번쯤 변화를 고려해보자. 버스폰, 택시폰 등 저렴한 가격으로도 최신 기종을 구입할 수 있으니 부담도 적다. 스마트한 휴대폰 하나로 치열한 비즈니스 세계에서 서바이벌할 수 있는 조건을 갖춰두는 것, 당신을 든든하게 무장하는 방법이기도 하다. 자, 잘빠진 휴대폰으로 오늘도 열심히 뛰어볼까?

26

우아한 메일

뭐든 설렁설렁 대충 넘기는 F과장. 어찌나 손 하나 까닥하지 않고 알로 먹으려고 하는지 덕분에 아래 직원들만 애가 끓어 탈 지경이다. 편하게 일하려는 의도까지는 좋다지만, 물가에 모래성 하나 지어두고, 산꼭대기에 종이박스로 집 하나 만드는 형국으로, 만날 수박 겉핥기다. 수박을 어디 겉만 핥아서 참 맛을 느끼겠는가 말이다. 그중에 최고봉은 넷맹에 가까운 F과장의 메일질이다.

제목: F과장이올시다.

내용: ○○○ 사장님, 지난번에 말씀하신 귀하의 제안은 그냥 없던 걸로 합시다. 회사 측 반응도 시원찮고 하니… 그리 아시오. 그럼 이만.

+추신+
○○○ 사장 외에 분은 읽지 마시고 그냥 휴지통에 버리시오.

그렇다. 주소록을 뒤져 수신인을 찾는 것도 귀찮은 F과장
은 메일을 전체메일로 체크하고 그냥 보낸다. 기함을 토할 일
이다. 문제는 바로 여러 사람에게 한꺼번에 보내는 메일이라는
점이다. 아마도 이런 메일을 한 번쯤은 받았을 것이다. 수신인
에 알파벳 순서로 내 이메일을 비롯해 여러 명의 주소가 함께
주욱 쓰인 메일 말이다. 이런 메일은 받는 순간부터 불쾌해진
다. 일단 똑같은 메일을 성의 없이 왕창 써서 보낸 게 괘씸하
다. 게다가 개인정보 노출에 매우 민감한 요즘, 알지도 못하는
사람의 이메일을 노출된 상태로 보냈으니 저들의 메일 속에 내
주소도 있다는 생각을 하면 더더욱 짜증이 난다. 불가피하게
여러 명에게 같은 내용의 메일을 보내게 될지라도 이런 무식한
방법은 절대 쓰지 말자.

먼저 그룹 설정을 해두자. 부서 내 같은 팀, 혹은 프로젝트

를 함께 운영하는 팀 등 자신의 업무와 연결 지어 그룹핑을 해두자. 아웃룩에서 단축키 'Ctrl + G'를 눌러 그룹 주소록을 만들어두면, 보다 편리하게 사용할 수 있다. 또한 여러 명에게 보내는 동보 메일은 '숨은 참조'를 눌러 수신인을 추가하면, 받는 사람에게는 본인의 이메일 주소만 보이므로 안심해도 좋다. 편리한 도구일수록 잘 활용하지 않으면 손해를 볼 수 있으니, 간단하고 유용한 이메일 팁은 반드시 외워두고 활용하도록 하자.

여자가 아홉 꼬리는 달아야 성공한다

27

이메일 달인 되기 2

6개월차 모 방송국 스크립터 K양은 의욕은 넘치는 데 반해 결과물은 엉성하기 짝이 없다. 메인작가를 서포트해 주면서 자료를 조사해 준다거나 관련자 연락처와 섭외도 일사천리로 해주는 것이 정석이지만, 감을 못 먹고 자랐는지 감 없기로는 1등이다. 사정이 이러니 자료조사는 다 메인이 알아서 해야 하고, 목마른 사람이 우물 찾는 격으로 다른 일도 스스로 알아서 하기 마련이다. 결국 메인작가가 스크립터를 모시고 사는 셈이다.

#방송국 작가실

메인작가: 막내야, 베이징 관광에 관한 자료 부탁한 게 언젠데 아직도 안 보내?

스크립터: 어, 그거 어제 이메일로 보내드렸잖아요.

메인작가: 아니 그럼 메일로 보냈다고 말을 해야지. (바보 아냐?)

스크립터: (약간 짜증내며) 그럼 그렇게 하라고 말씀하셨어야죠.

　　　　　(잠시 뒤 이메일로 받은 자료 출력하며)

메인작가: 왜 베이징 촬영할 만한 곳들 내용은 없고, 무슨 오리랑 거위 얘기만 잔뜩이야?

스크립터: (뭐가 잘못됐냐는 얼굴로) 지식검색창에 베이징 치니까 베이징덕만 좌르르르르륵 나오거등요!

메인작가: 기가 막혀세 (쟤 닭대가리 맞네.)

안서예절 雁書禮節

기러기가 전해주는 편지란 뜻으로 편지를 지칭하는 말이 안서, 즉 편지를 주고받을 때에 대한 예절을 말한다.

언젠가부터 업무에서 이메일이 차지하는 비중이 상상도 못할 만큼 커졌다. 아무리 소소한 일을 처리하더라도 이메일 몇 통쯤은 기본으로 주고받아야 할 정도다. 그리고 그만큼 지켜야 할 룰도 많아졌다.

얼굴 한 번 보지 않고 비즈니스를 하더라도 이메일 한 통이면 대충 상대방의 성격이나 일하는 스타일 등을 파악할 수 있을 만큼 그 속에는 많은 것이 담겨 있다. 그러니 메일을 쓸 때 얼굴을 보고 직접 대화하는 마음으로 임하는 것이 좋다. 또한 이메일 주소 여러 개를 한꺼번에 복수로 사용하는 것은 여러 장의 신용카드를 섞어가며 개념 없이 쓰는 것과 같다. 그러니 본인의 이메일 창구는 되도록 하나로 정리해서 메인으로 사용하되, 만약의 사태를 대비해 차선으로 사용할 메일주소를 여분으로 준비해두자. 그럼 이메일로 지키는 에티켓을 몇 가지

여자가 아홉 꼬리는 달아야 성공한다

짚어보자.

이메일 보내고 문자쏘기. 특히 중요한 업무메일이라면 더욱 신경 써야 한다. 온라인 메일 분실사고는 그 누구도 책임져 주지 않으니, 중요문서 첨부 메일이라면 당신 스스로 우체부가 되어 끝까지 주시하는 것이 책임감 있는 행동이다. 메일 쏘고 문자 쏘고, 띵요띵요!

메아리 이메일 보내기. 이게 무슨 소린고 하니, 중요한 사안을 메일로 여러 차례 주고받으면서 최종적으로 마무리되었다고 치자. 확정된 사안과 결정 사안을 확인하며 마지막 메일을 받았다면, 잘 받았다는 피드백 메일을 한 번 더 보내자는 말이다. 또한 아랫사람이나 한 번 보고 말 사람이라도 필요한 것만 메일로 받고 싹 입 닦지 말고, 고생하셨다, 감사하다 등의 끝인사 메일을 한 번 더 보내자. 메아리 이메일을 확실하게 보내는 사람치고 일 못하는 사람은 없더라고.

28

전화유감

어떤 이는 운전대만 잡으면 도그가 된다더니, 신입사원 D양은 수화기만 들면 도그가 된다. 유달리 전화가 많은 부서인지라 매일 회의시간마다 전화예절을 지키라는 소리를 귀에 딱지가 앉도록 듣건만, 그녀의 유전자 속에는 아마도 수화기를 통해 흐르는 전파에 반응하는 무언가가 있나 보다. 오늘도 전화수화기를 든 그녀, 급 야성녀가 된다.

#부동산에서 온 광고전화

D양: 네, 기획전략팀 OOO입니다. (정적) 네. (정적) 아니, 그렇게 좋은 땅 있으문 당신이 사지 왜 알지도 못하는 나한테 전화질이야? (철커덕)

#신용카드사 보험광고

D양: 네, (잠시) 맞는데요. (불안한 정적 흐르고) 남 걱정 말구 니 몸이나 신경 써. 당신 이 번호 어디서 알았어? 내가 카드회사 추적해서 개인정보 유출이면 니들 끝장이야, 다 죽었어!

#통신사 광고전화

D양: 여보세요. (예의 그 정적, 안내원 톤으로) 네네, 고객님!! 남 일

여자가 아홉 꼬리는 달아야 성공한다

하는 데 방해되는 이 따위 전화 자꾸 하시며어언, 고객님께 최고의 쓴맛을 보여드리게씁니다아~~! (덜컥)

#바바리 아저씨네 패밀리 전화

D양: OOO입니다. (신음소리) (갑자기 미간에 주름이 좌르륵) 이런 시베리아 얼음 벌판에 핀 미친 개나리야, 내한테 잡히문 닌 작살이다!!

방약무인傍若無人

곁에 아무도 없는 것처럼 여긴다는 뜻으로, 주위 사람을 전혀 의식하지 않고 제멋대로 행동하는 것을 이르는 말이다.

영국의 발명가 벨 선생님께서 일찍이 전화를 세상에 선보일 때, 지금의 모습을 상상하셨을까? 전화만 잘 쓰면 영화표가 공짜고, 휘발유 리터당 100원 할인에 17마일리지 모아 모아서 비행기까지 탈 수 있게 될 것을 아셨다면, 매우 흐뭇하셨을 게다. 그러나 이렇게 편리한 도구를 인류에게 남겨주고 가신 벨 선생님은, 최근 무덤에서 잠자리가 매우 불편하시단다. 이유인즉슨, 이승의 전화수화기를 통해, '야 너 거기 어디야, 꼼짝 말고 기다려' 하고 고래고래 소리 지르지를 않나, 뜬금없이 '아아, 하아야' 느끼한 신음소리로 간질이지를 않나 하루도 바람 잘 날이 없어 전화를 발명한 것을 자책하시는 중이란다.

남녀노소를 불문하고 하루 수도 없이 하게 되는 전화통화(휴대폰 포함), 그러나 전화로 불쾌해지는 일이 한두 번이 아니고, 심한 경우 통신사 빌딩으로 차를 몰고 돌진하는 영화 같은 장면까지 연출되니 이제 동방예의지국의 자손다운 모습을 보일 때다. 이는 삼척동자도 다 알 얘기지만, 사실 매너 있는 전화, 기분 좋은 전화통화를 해본 기억도 까마득할 것이다.

일단 업무 시간에 받는 전화라면, 목소리를 가다듬고 수화기를 든 후 자신의 소속과 이름을 먼저 애기하는 것이 기본예의다. 반대로 업무에 관련된 전화를 걸게 될 경우에도, 본인의 이름과 소속을 또박또박 이야기한 후 본 용건으로 들어가는 것이 좋겠다. 이때 꼭 기억해둘 것은, '대리 OOO입니다' 라고 자신의 직위를 이름 앞에 붙여서 사용해야 한다는 사실. 반대로 사용할 경우 상대를 낮추고 스스로 존대를 하는 격이기 때문이다.

둘째로는 앞뒤 없이 말을 툭툭 던지지 말고 상냥한 말투와 완곡한 표현을 사용하는 것이 좋겠다. 간혹 나이를 처잡수셨다는 이유로 무식하게 '누구 바꿔', '넌 누구야' 등의 몰상식한 언어를 사용하는 사람일지라도 똑같이 행동했다가 된통 당하는 수가 있으니 끝까지 수화기 속 상대에게 무조건 최대한의 예의를 지키자. 당신은 감정이 있는 개인이지만, 회사에서는 회사의 얼굴을 대신하는 존재이기 때문에 끝까지 우아함을 지키는 것이 바람직하다.

그리고 전화를 끊을 때도 마무리 인사를 반드시 챙겨서 하는 습관을 들이면, 상대방에게 좋은 이미지를 주어 비즈니스에서도 자연스럽게 효과를 보게 될 것이다.

잘 쓴 PC 하나,
열 코어2듀오 안 부럽다

29

입사 2년차 T양의 초특급 광랜 VDSL 성격은 소문이 자자하다. 삼겹살은 김만 올라온다 싶으면 집어 먹고, 소주는 병에 아예 빨대를 꽂고 마시는가 하면, 가끔 재킷에 스타킹만 신은 채 나가는 엽기적인 상황도 연출한다. 이쯤하면 그녀는 평범한 회사 직원이 아니라 적성을 고려해 소방관이라는 직업을 택했어야 하지 않을까 싶다. 초스피드로 불을 꺼줄 테니까.

#사무실 책상, 키보드와 마우스를 거칠게 다루는

E대리: (웃으며) 그렇게 해서 어디 부서지겠어?

T양: 컴퓨터가 오래 돼서 그런지 요즘 너무 속도가 느려 터져서… 속이 터져요.

E대리: 이 정도 사양이면 얼마나 좋은 건데. 그러게 컴퓨터도 잘 사용해야 속도도 제대로 나고 그러지. 바탕화면에 그게 뭐야? 아이콘이 백만 개도 넘겠다.

T양: (너나 잘하셔.) 맨날 일해 놓으면 파일들이 다 사라져서 아예 바탕화면에 다 깔아둬야 한다구요.

E대리: 괜히 열 받지 말고 커피나 한 잔 하자구.

T양: 오케바리~! (T양, 커피믹스를 봉지째 입에 털어 넣고 따뜻한 물을 단번에 들이킨다.)

E대리: 뜨아~!

여자가 아홉 꼬리는 달아야 성공한다

망양보뢰亡羊補牢

양을 잃어버리고 나서 우리를 고친다는 뜻으로, 실패한 후에 일에 대비하는 뒷북 스타일을 일컫는 말이다.

현대인의 사무실 필수품목 컴퓨터. 직장인에게는 미우나 고우나 매일 끌어안고 지내야 하는 벗이 되어버렸다. 게다가 신속한 업무처리는 물론이고 여러 가지 편리한 점 때문에 애정을 팍팍 줘도 모자라지만, 간혹 엉뚱한 대형 사고를 일으켜 각종 심장 질환이나 신경계통의 질병을 가져오는 단점도 있다.

어느 날 갑자기 중요한 문서 파일을 어딘가 깊숙이 감춰두고 나 몰라라 외면하거나 어느 순간 속도가 뚝 떨어져 죄 없는 모니터의 뺨을 후려갈기게 만든다. 이런 고비를 여러 번 넘기면서도 의지의 한국인 혈통을 가진 우리는, 고장이 나서 먹통이 되지 않는 한 파워버튼만 온오프 시키면서 꿋꿋하게 사용한다.

뿐만 아니라 편리하다 싶은 유틸리티와 각종 프로그램을 무조건 깔아 쓰니 컴퓨터 하드디스크에 무리가 가는가 하면, 잘생긴 오빠부대 사진이나 훈남, 얼짱 남정네들의 각종 동영상까지 마구잡이로 다운 받다 보니 무섭디무서운 변종 바이러스가 매복하기도 한다. 결국 자연스럽게 속도는 더뎌져 가뜩이나 안 좋은 성질머리마저 버리고, 멀쩡한 남의 컴퓨터에 바이러스까지 배달해주는 친절서비스로 눈총까지 받는다.

까칠하고 예민한 컴퓨터는 처음부터 길을 잘 들이고 부지런히 관리해서 깔끔하게 유지하는 것이 진정한 비즈니스 우먼의 첫걸음이다. 잘 정비된 컴퓨터로 뛰는 업무, 열 코어2듀오 안 부럽다.

간단, 명료, 심플! 해커도 왔다가 너무 복잡해 당신 컴퓨터에 두 손 두 발 다 들 지경이면 곤란하다. 바탕화면부터 각종 파일폴더를 구석구석 살펴, 불필요한 프로그램이나 업무와 무관한 파일은 휴지통에 과감히 버리자. 또 바탕화면은 업무와 직접 관련된 폴더만 두고 주기적으로 관리함으로써 하드디스크를 가볍게 해주면 당신의 업무도 술술 잘 풀릴 것이다.

바이러스여 안녕! 속도가 갑자기 느려지거나 사용하는 도중 다운되는 현상이 일어난다면, 일단 바이러스 감염을 의심하자. 날이 갈수록 영민해지는 바이러스는 부지불식간에 당신의 컴퓨터 속에 숨어들어 중요한 파일을 지워버리기도 하고 개인

정보를 맘대로 유출하는가 하면, 당신의 이메일에 숨어 동료들의 컴퓨터까지 야금야금 독식한다. 그러니 부디 꼭 백신 프로그램을 깔아 항상 ON 상태를 유지해줌으로써, 바이러스의 싹을 잘라버리자.

백업만이 살길이다. 업무와 관련된 여러 가지 자료와 문서 파일은 되도록 백업 파일을 남겨두는 습관을 들이자. 초특급울트라 비상시 백업본이 당신의 든든한 흑기사가 되어줄 것이다.

30

프레젠테이션
고수가 되어라

V과장이 소속된 기획팀은 일명 'PT계의 무한도전팀'이다. 오합지졸을 모아 전 국민의 사랑을 한 몸에 받는 무한도전팀처럼, V과장을 포함 5명으로 구성된 기획팀 역시 하루가 멀다 하고 반복되는 PT 이른바 프레젠테이션을 번번이 말아먹는 형국이니, 창립 이래 '전설의 프레젠테이션팀'으로 이름을 날리는 중이다.

#프레젠테이션 유형별 분석

팀장 | 수면제형

일단 PT만 시작하면 아무리 심한 불면증 환자까지도 단 1분 만에 재울 수 있다. 점심시간 바로 직후에 PT하면 치명적이다.

V과장 | 무당형

어찌나 정신사납고 소란스러운지 굿 한판 보고 난 듯한 착각을 불러일으킨다. 취약점은 청중을 혼돈 상태로 몰아넣어 넋을 뺀다.

L대리 | 약장사형

지나치게 수다스럽고 말이 빠른 데다가 허풍으로 느껴질 만큼 과장되어 있다. 취약점은 사기꾼으로 고발당한 적도 있다.

Q대리 | 분수형

라스베이거스 분수쇼를 방불케 하는 침 세례에 유인물까지 촉촉하

여자가 아홉 꼬리는 달아야 성공한다

게 적셔준다. 취약점은 청중 모두 우산을 쓰고 들어야 하는 번거로움이 있다.

K양 | 박경림형

훌떡 뒤집어진 보이스로 꺽꺽 철판을 가는 듯한 소리에 말하는 본인도 괴로워한다. 취약점은 귀마개 착용으로 PT 내용은 전혀 들을 수 없다.

허장성세 虛張聲勢

푸른 산에 맑은 물이라는 뜻으로, 막힘없이 말을 술술 잘하는 것을 이르는 말.

애플사의 CEO 스티브 잡스는 간결하면서도 힘 있는 프레젠테이션으로 매년 청중을 비롯한 소비자를 감동시킨다. 경영의 달인으로 알려진 GE의 회장 잭 웰치도 이 사람의 PT 앞에 서는 울고 갈 정도. 게다가 상상해보라. 어느 대기업 사장이 매년 새롭게 출시되는 제품을 직접 들고 나와 그렇게 친절한 PT를 하겠는가! 우리나라 같았으면 대기업 경영진이 신제품 출시 PT를 직접 하는 걸 보니 저 회사가 대충 망해가나 보다 하고

여자가 아홉 꼬리는 달아야 성공한다

의심했을 것이다. 그렇다. 'Think different', 발상의 전환을 외치는 애플의 CEO 스티브 잡스는 몸소 실천하며 자신감 있는 PT로 전 세계 최고의 기업으로 거듭난 것이다.

그렇다면 스티브 잡스만큼은 아니어도 성공적인 PT를 하려면 어떻게 해야 하는 것일까. 코피 쏟아가며 열심히 만들어도, 야근을 밥 먹듯 하면서 준비를 해도, 이 PT계의 무한도전 팀처럼 한다면 아무 소용이 없다. 가장 먼저 PT에 임하는 마음부터 바꾸자. 습관처럼 하던 일이니 대충 시간만 때우면 된다는 생각과 PT가 다 거기서 거기일 것이라는 착각도 던져버려라. PT는 당신이 갖고 있는 실력을 한꺼번에 보여줄 수 있는 총집합체이기 때문이다. 자, 그럼 이제 실력 발휘를 할 수 있는 몇 가지 팁을 알려주도록 하겠다.

심플한 슬라이드가 최적의 요건! 한 장의 슬라이드에 논문처럼 빼곡한 양을 쓰거나 소설을 쓰듯 가득 채우는 것은 금물이다. 그것이 바로 청중을 지루하게 만들어 졸음을 불러온다. 슬라이드 속에는 당신이 말하고자 하는 키워드, 혹은 요약된 한 문장만 간략하게 써라.

비주얼을 강조하라. 텍스트와 표, 그래프가 가득 찬 PT는

3장 여우들의 업무 필살기

평범하고 딱딱한 느낌을 준다. 이때 적당한 이미지와 사운드를 적절하게 사용하면 PT의 분위기가 훨씬 부드러워지고, 청중을 집중시키는 효과를 낳는다. 눈을 즐겁게 하는 PT는 당신의 성공을 부르는 주문이 될 것이다.

리허설을 하라. 영화의 하이라이트 장면을 완벽하게 찍기 위해서 리허설을 거치는 것처럼, 늘 하는 PT라도 항상 리허설을 하자. 해당 슬라이드마다 핵심 전달여부를 체크하고, 페이지를 넘기는 적절한 타이밍을 기억해둔다. 여러 번의 리허설은 단 한 번의 기회를 잡을 수 있는 로또복권!! 밑줄 쫙!!

두괄식으로 말하라. 중요한 핵심을 먼저 두괄식으로 던지는 게 미괄식보다 훨씬 전달력이 높은 것은 물론이요, 청중의 머릿속에 강한 인상을 준다. 포인트를 짚어주는 PT, 두괄식이면 충분하다.

여자가 아홉 꼬리는 달아야 성공한다

31

별걸 다 쓰는 여자

이제 막 수습 딱지를 뗀 기자 R양, 학창시절 컨닝을 위한 쪽지를 적듯 매일 손바닥에 깨알 같은 글씨를 잔뜩 써놓고 다닌다. 처음엔 선배들이 의아해하며 그 내용을 읽으려 도전했지만, 그녀만의 암호로 쓴 것이라, 멘사 회원인 편집장까지도 해석불가다. 상황을 모르는 사람들이야 여자가 깔끔하지 못하다 수군거릴 법하지만, 현재 스코어 100 대 0으로 만장일치 그녀의 손을 들어주며 R양을 인정하기 시작했다.

#24시간, R양의 잡지사 사무실

편집장: 김 기자, 인터뷰 기사 줘.

김 기자: 아이구, 편집장님 무슨 말씀이세요, 그걸 벌써 어떻게 써요?

편집장: 얘 좀 봐, 니가 오늘 넘긴다 했잖아. (두리번거리며) R기자! 장동건 인터뷰 기사, 마감이 언제야?

R기자: (달력 보며) 오늘이요!

편집장: 앗싸~! 이쁜 것 같으니라구.

#사무실 한켠

박 기자: (오만상을 쓰며) 왜 진행비가 안 맞지? 4만 2천 원이 비네. 아우 골치 아파.

R기자: (수첩 뒤적거리며) 선배님, 그날 국도변 빠져나오면서 저녁

먹었잖아요.

박 기자: 아, 맞다. 정말 넌 천재라니까.

군계일학 群鷄一鶴

닭의 무리 속에 끼어 있는 한 마리의 학이란 뜻으로, 여러 평범한 사람들 가운데 뛰어난 한 사람, 바로 당신을 말한다.

R기자의 경쟁 무기는 바로 기록이었다. 매일 손바닥 하나 가득 적은 내용은 시시콜콜하다고 여겨지는 각종 업무 관련 메모와 정보들이었고, 시간 날 때마다 틈틈이 그녀의 수첩에 옮겨 쓴 것이다. 결국 잡지사 전체의 히스토리가 담긴 그녀의 수첩은 이렇게 난관에 부딪힐 때마다 해결사 역할을 톡톡히 해주어 확실한 경쟁 무기로 자리를 잡은 셈이다.

여기서 잠깐! 소문난 일본인의 메모 습관을 파헤쳐보자. 1443년 겨울부터 500년 동안 일본 돗토리 호수의 한겨울 결빙 현상에 대한 세세한 기록이 보전되어, 오늘날 지구온난화에 관한 귀중한 연구 자료로 높이 평가받고 있다고 한다. 반면 우리

여자가 아홉 꼬리는 달아야 성공한다

는 그 당시에 대한 기록이 많지 않다고 하니 참으로 부끄러운 일이다. 지금까지 이어지는 그들의 뛰어난 기록문화는 자세하고 꼼꼼한 데이터를 자랑하며 더불어 뛰어난 정보력으로 이름값을 톡톡히 하고 있다.

하지만 부러워할 게 뭐 있겠는가. 이제부터 코리안의 기록문화를 당신이 시작하면 된다. 일단 하루하루 회사 업무일지를 꼼꼼하게 적어 보관하자. 회사에 제출하는 용도가 아닌 자신의 비밀수첩이나 노트에 잘 정리하되, 될 수 있는 대로 아주 디테일하게 쓰도록 하자. 프로젝트 진행 과정을 날짜별로 일목요연하게 적고, 자신이 저지른 실수나 오해까지도 빠뜨리지 말고 기록하자. 이렇게 자신만의 맞춤 업무일지를 6개월이나 혹은 그 이상을 두고 살펴보면, 스스로 취약점이나 장점, 단점을 파악하기 쉽고, 같은 실수를 반복하는 것도 막을 수 있다. 하찮은 일이라고 여길 수 있지만 꾸준하게 하다 보면 반드시 그 효과를 볼 것이다. 또 꾸준한 기록은 문장실력까지 탄탄하게 다져주므로, 언어구사 능력과 단어사용 능력이 절로 향상되어 간단명료하게 요약하는 실력까지 습득하게 된다.

그러니 당신의 뜨거운 연애일지도 좋고, 다이어트 일지도

좋고, 야근일지도 좋으니 오늘부터 펜을 들어 무조건 써 내리
자. 먼 훗날 수많은 무리 속에서 절로 후광이 비치는 자 있으
니, 바로 기록의 여왕인 '당신'이리라.

여자가 아홉 꼬리는 달아야 성공한다

휴대폰,
이 손 안에 있소이다

32

5개월차 Y양, 젊고 발랄한 성격까지는 좋은데 요즘 자꾸 철없는 어린것들처럼 미운 짓이다. 말인즉 업무시간 내내 '쇼 먹고 알 먹고 쇼 먹고 쇼 알 먹고 알 먹고 쇼알 먹고'만 하고 있다. 손에서 절대 떨어지는 법이 없는 휴대폰 덕에, 사무실 직원들은 그녀의 하루 일과를 비롯해 알고 싶지도 않은 사생활까지 강제로 듣고 있는 상황이다.

#조용한 오후 업무시간 정적을 깨는 소리

벨소리: 먹다가 지쳤어요. 뚱벌뚱벌♪♬ 고기 먹다 지쳤어요. 뚱벌뚱벌♪♬

대리: (으이구 저거 또 시작이구만.)

과장: (아무튼 어린 게 말을 안 들어 처먹는다니까.)

동료: (또 전화질이야. 해도 너무하네.)

Y양: (우렁찬 목소리로) 여보세요. 응. 응. 아냐, 말해. 이따 7시? 괜찮아. 강남역 수다고깃집? 알아, 근데 거기 짱나게 비싸더만. 오늘 니가 쏘나? (잠시 포즈) 그래. 근데 알고 보니 걔랑 또 헤어졌더만. 쫑 냈는데 자꾸 집적댄대. 그르니까…. (어쩌고저쩌고)

과장: (셋 셀 때까지 안 끝으문 내 오늘 그 휴대폰을 뽀사뿐다. 하나, 둘.)

(셋과 동시에 울려 퍼지는 그녀의 마지막 멘트)

Y양: 어 그래. 알았어! 자세한 건 이따 만나서 얘기하자.

대리 과장 동료: 뜨아~! (아니 그럼 지금 30분 동안 얘기한 건 뭐냐!)

성용필정聲容必靜

소학에서 강조한 사람의 예절 중 하나로, 소리의 용모는 반드시 조용하게
하라는 뜻. 시끄러운 소리로 남을 방해하지 말라는 의미다.

이 세상에는 딱 두 부류의 사람이 있다. 휴대폰이 있는 사
람과 휴대폰이 없는 사람. 그리고 휴대폰을 가진 사람들 역시
딱 두 부류로 나눌 수 있다. 사람처럼 쓰는 사람과 개처럼 쓰는
사람. 당신은 전자인가, 후자인가.

IT강국답게 대한민국 국민 주민등록수와 맞먹는 휴대폰
보급률을 자랑하는 우리는, 불행하게도 하드웨어만 있고 소프
트웨어는 없다. 다시 말해 휴대폰 하나만 있으면 뭐든지 다 되
는 겁나 편리한 세상이지만, 정작 휴대폰을 유용하게 즐기며
사용하는 문화는 가지고 있지 않다. 공공장소에서 시도 때도

여자가 아홉 꼬리는 달아야 성공한다

없이 무식하게 울려 퍼지는 휴대폰 벨소리에, 알고 싶지도 않

는 개인의 시시콜콜한 사생활 중계까지 들어야 하는 고통은 이

미 사회 전반에 깔려 있다.

어디 그뿐인가? 술 먹고 휴대폰을 잃어버렸다고 치자(모

두 한 번쯤 경험해 보았겠지). 불안해진 당신은 찾을 땐 찾더라

도 일단 새로 하나 장만한 후에야 마음의 안정을 찾고, 배터리

라도 똑 떨어지면 노심초사 편의점이라도 달려가 고속 충전을

해야 직성이 풀리는 마당이니, 이제 우리는 꼼짝없이 휴대폰의

노예가 되어버렸다. 이렇게 생활필수품이 되어버린 휴대폰, 분

명 정말 없어서는 안 될 유용하고 편리한 물건이라면 제대로

품위 있게 사용해보자.

진동우선주의가 기본. 직장에서는 일단 기본 매너모드로

사용하고, 회의에 참석할 경우 휴대폰은 지참하지 않는 게 좋

다. 부득이하게 중요한 전화를 기다린다면 진동모드로 돌려둔

다. '곤드레만드레♬' 하는 식의 직장 분위기에 어울리지 않는

훌떡 깨는 벨소리는 스스로를 격하하는 꼴이므로, 너무 천박하

거나 거북한 벨소리보다 비즈니스하는 사람답게 센스 있는 벨

소리로 커버해보자.

미팅시 휴대폰은 감추자. 업무와 이어지는 미팅뿐 아니라 사람들과 대화를 나눌 때도 일단 휴대폰은 테이블 위에 두지 말자. 대신 포켓이나 가방 속에 넣어두자. 중요한 대화를 나누는 도중 휴대폰이 울리면 대화도 끊어질 뿐 아니라 신경이 쓰여 원활한 대화를 나눌 수 없다. 비즈니스 미팅시 '안 받아도 돼요'를 끊임없이 외치면서 테이블 위에 휴대폰을 올려놓고 있는 것은, 당신이 바보거나 배짱 두둑한 사장님 딸인 경우 둘 중 하나다(전자의 비율이 높겠지만).

여자가 아홉 꼬리는 달아야 성공한다

33

마당발 인맥으로 승부하라

겉모습이 전부가 아니라고, 인턴사원 K양이 그렇게 넓은 마당발일 줄은 그 누구도 알지 못했다. 그녀가 아는 사람의, 아는 사람의, 아는 사람 동생 여친의, 옆집 사는 아줌마의 아는 사람 형이, 회장님 아들과 알고 그 아들이 군대를 갔을지언정, 도대체 모르는 사람이 없다. 이 어린것의 거대한 인맥 거미줄은, 어느새 늙은것들(직장선배)이 호시탐탐 노리는 보물지도가 되었다. 그런데 그녀가 모르는 사람이 딱 하나 있었으니 그 이름하여 '부친부' !!

#사무실

선배: 아까부터 뭘 그렇게 생각해?

K양: 아무리 생각해도 모르겠어요. 부친부가 누구인지….

선배: (씨익 웃으며) K씨가, 이 나라 사람을 다 안다고 해도 그 사람은 절대 알 수 없을걸!

K양: (궁금해 하며) 선배님은 아세요? 누구예요, 그분이?

선배: 하하. 엄친아랑 같은 가족이라지 아마.

K양: (더욱 모르겠다는) 에? 엄친아요? 그건 또 누구예요?

선배: 큭큭큭. 엄친아, 엄마친구 아들! 그 잘나가는 변호사에 의사에 얼굴 없는 애 있잖아. 그러니까 부친부, 부장친구 부하직원! 웃어른 잘 모시고 열나 똑똑해 초고속 승진하는 그 얼굴 없는 사람이지. 하하하하!

K양: 띠요오옹~!

많으면 많을수록 좋다는 뜻으로, 많은 사람을 두루 섭렵하여 당신만의 인맥 네트워크를 구축하라는 것을 강조한 말이다. 단, 작업남과 작업녀는 제외대상이다.

유난히 아는 사람도 많고 인간관계가 보통 사람의 따따블은 되는 사람을 만나면 참 부럽다. 이런 사람을 일컬어 마당발이라고 하고, 비록 스스로 마당발이 되지 못해도 마당발인 사람과 친하게 지낼 수 있다면 더할 나위 없는 축복이 되기도 한다. 그러나 모든 사람은 태어날 때부터 이미 마당발로 태어나고, 대부분 그 사실을 미처 인지하지 못하는 것뿐이다.

무슨 소리인고 하니, 미국 하버드 대학 스탠리 밀그램 교수의 '6단계 분리원칙'에 의거하면 어떤 미국인이든 여섯 사람만 거치면 아메리카 대륙의 모든 사람과 연결될 수 있다는 이론으로, 최소 6명 정도의 친한 사람만 만들어도 가히 성공한 인생이라 할 수 있다고 한다. 이 원칙을 놓고 따져보면 우리는 이미 마당발이고 아직 그 인맥분야를 개척하지 못했을 뿐, 그 가능성이 무한히 열려 있다는 말이다. 살면서 이리저리 애기하다가, 한 사람을 놓고 이렇게 저렇게 이어놓고 보니 서로가 알고 있는 상황을 숱하게 만나지 않았던가. 그래서 우리 어르신들도 '한 다리 건너면 다 안다'는 말씀을 하신 것이다.

이제 당신의 인맥전선은 이상이 없는지 한번 점검해보자. 혹자는 사람을 많이 만나는 카운터파트나 영업, 홍보 등의 부서가 아닌데 인맥이 무슨 필요가 있겠냐 하지만, 오산이다. 일단 사회인으로 진출하는 동시에 당신의 인맥은 개인 보유자산과 진배없다. 그 인맥은 당신이 몰랐던 엄청난 스킬과 노하우를 배울 수 있게 하는 행운으로 다가오기도 하고, 큰 문제에 봉착했을 때 풀어나갈 수 있는 황금열쇠를 주기도 한다. 인생에 있어 세 번의 기회가 있다는데 그 기회를 주는 지인이 그 속에 존재할 수도 있는 것이다. 우습게봤던 당신의 인맥 네트워크, 이제부터 중요성을 파악하고, 재정비하여 차근차근 재구축해야 하다.

먼저 업무로 만나는 사람은 무조건 당신의 네트워크에 입력하고 신뢰를 쌓아가는 데 노력을 해야 한다. 마당발은 그냥 되는 것이 아니라 마당발이 되기 위해 그만큼 만남과 약속을 존중하고 숱하게 만들어가기 때문에 가능한 것이다.

　　여기서 당신이 절대 잊어서는 안 되는 점이 있다면, 바로 '네트워크의 질'이다. 무조건 많은 사람으로 꽉 채워 양적인 면을 강조하는 인맥관리는 아무짝에도 쓸모없다. 신뢰를 기반으로 한 심플한 실속 네트워크 즉, 질을 높이는 인맥관리가 필요한 것이다. 촘촘하게 잘 짜인 당신의 인맥 네트워크를 6단계 분리원칙에 적용한다면, 상상도 못할 전 세계 초유의 인맥 인프라를 구축하게 되는 것이니! 만나라, 그러면 이어질 것이다.

#4
여우들의
셀프관리 전략

34

파란만장 미스 김의
패션 도전기

P팀장. 그녀의 사내 별명은 빠숑모델. 별명만 들으면, 아니 얼마나 옷을 잘 입고 다니는 쉬크한 여성일까 싶지만, 오히려 그 반대다. 어찌나 훌떡 깨는 스타일의 옷을 입고 출근하는지, 집을 나서는 순간부터 그녀를 안 보면 사람이 아니다. 팀장이라는 직함까지 달 정도면, 분명 일은 잘할진대, 독특한 정신세계를 보여주는 복장은… 음…, 해석불가! 한번은 클라이언트사와의 미팅에서 상대편 직원이 그녀에게 차와 음식을 주문할 정도였다니까. 오늘도 변함없이 그녀가 들어선 순간, 다들 턱이 빠져라 입을 벌리고 기가 찬 얼굴이다.

P팀장: (책상에 앉으며) 무슨 일 있어? 왜 그러고 있어.

K대리: (멍한 표정으로 말을 잇지 못하는) 아니. 그게 저… 그러니까…

P팀장: 아니, 출근하다 못 볼 거라도 본 거야?

K대리: 아, 아무것도 아닙니다. (알면서 왜 물어.) 그나저나 오늘 의상 멋지십니다. (먹고살기 참 힘들다.)

P팀장: 그렇지? 역시 센스 있는 자기는 다르다. 이 망사 스타킹, 빠리에서 직수입한 건데 한정판이래. 마돈나도 이것만 신는다고 하더라고. 하하.

K대리: 그으래요오? (악, 뭐야 난 오늘 낚시하러 온 줄 알았네. 저런 그물을 신고 다니다니… 아니, 제정신이야.) 팀장님 역쉬 멋지십니다!

여자가 아홉 꼬리는 달아야 성공한다

우리는 가끔 TV에서 보는 어떤 스타를 콕 집어 말한다. "쟨 참 옷 못 입어. 스타라는 이름은 패션이면 패션, 외모면 외모 등 빠지는 게 없어야 하거늘." 이런 오명만큼 심한 욕도 없을 것이다. 반면 연기자가 연기를 못해도 가수가 노래를 못해도 옷을 유독 잘 입고 다니면 후한 점수를 주기도 한다. TPO(Time · Place · Occasion)별 옷차림도 그래서 생긴 것이다. 옷 잘 입는 사람은 앞서가게 마련이다. 왜? 눈에 보기 좋은 떡이 먹기도 좋으니까. 옛말 그른 게 없는 것이, 세련미 넘치게 옷 입는 사람치고 인기 없는 사람 없고 됨됨이 이상한 사람 없다.

여기서 빈티지와 그런지 패션에는 엄연한 차이가 있다. 자기에게 맞는 스타일을 찾아 멋을 낸 듯 안 낸 듯 세련되게 옷을 입는 사람이 있는가 하면, 머리부터 발끝까지 명품으로 돈을 들여도 빈티 나는 사람이 있다. 옷을 잘 입는다는 것, 딱 한마

여자가 아홉 꼬리는 달아야 성공한다

디로 표현한다면 장소와 목적에 따라 알맞은 옷을 단정하게 차려입는 것이다. 회사에 출근하는데 망사 스타킹을 신거나 징박힌 가죽점퍼, 등 훌떡 파인 드레스, 찢어진 청바지, 야자수가 컬러풀하게 그려진 셔츠를 입는다면 어떨까? 워크숍과 야유회를 겸하는 자리에 반듯한 넥타이에 커프스 링으로 마무리하거나 원피스에 하이힐을 신고 나타난다면? 당신이 회사 사장의 가족이 아닌 이상은 꿈도 꾸지 마라. 그럼 어떻게 해야 직장 내 패셔니스트가 될 수 있을까?

자기 스타일을 찾아라. 유행도 좋다만, 남들이 하니까 따라 하는 식의 맹목적인 패션은 피하자. 자기가 좋아하는, 또 잘 어울리는 스타일을 찾아서 옷을 입는 게 진정한 센스쟁이. 짧고 굵은 통닭 다리에 스키니진은 자신을 두 번 죽이는 일이요, 천하장사 팔뚝에 끈 하나 달린 민소매는 남을 두 번 고문하는 일이다. 체형을 살짝 커버하고 장점을 부각시키는 자기만의 스타일로 표현해보자.

믹스매치를 연구하라. 계절이 바뀔 즈음, 우리의 옷장은 왜 그리 가난해지는지 알 수가 없다. 입을 옷이 하나도 없다는 것이 우리 모두의 생각일 듯! 그렇다고 옷이 많아야 스타일리

쉬한 사람이 되느냐, 그것도 아니다. 패션 스타일의 한 분야인 믹스매치를 충분히 학습하여 활용한다면, 하나의 아이템으로도 4~5벌의 효과를 내는 것은 물론, 옷을 챙겨 입기도 훨씬 수월해진다.

소품으로 포인트를 주어라. 옷차림이 수수하거나 밋밋해 보이는 날은, 독특한 가방이나 세련된 구두, 혹은 스카프 등의 액세서리나 소품으로 포인트를 주자. 마릴린 먼로가 숱한 남성을 울린 것도 입술의 까만 점이었고, 저 세상 사람인 제임스 딘이 세기를 뛰어넘어서도 뭇 여성들을 설레게 하는 것은 입에 버릇처럼 물고 있는 담배 때문이라는 점을 따져본다면, 포인트 하나로 시선을 끄는 패션 아이디어는 당신의 패션 완성도까지 UP 시켜줄 것이다. 참 잘했어요!

35

꾸미고 포장하라

6개월차 백수 Q양, 일 하나는 똑 부러지게 잘했으나 번번이 다니는 직장마다 퇴짜를 맞고 있다. 이유인즉슨 그녀의 저주받은 비디오 때문이다. 한마디로 표현하면, 여자 김제동. 고객들의 이어지는 컴플레인 사유를 살펴보면, 너무 기분 나쁘게 생겼다, 눈이 너무 작아 믿음이 안 간다 등이니 친절하고 예의바른 그녀에겐 세상이 너무 모질기만 하다. 그래서 그녀는 큰 결심을 하고 성형외과를 찾아가기로 했다.

#강남에서 소문난 '잘고쳐 성형외과' 상담실

Q양: (하소연하듯) 선생님. 이 얼굴로는 살 수가 없어요. 부디 자신감 있는 얼굴로 꼭 좀 바꿔주세요.

의사: 어디가 마음에 안 드세요? (근데 얘는 눈이 어디 있는 거야?)

Q양: 제가요. 서비스 파트에서 일을 하는데 고객 분들이 제 얼굴이 기분 나쁘다는 거예요. 눈이 작아서 그런 거 같은데, 쌍꺼풀 수술이라도 하면 좀 나아질까요?

의사: (얼굴을 이리저리 뜯어보다가 한숨을 내쉬며) 음, 제 소견으로는 Q씨는 눈이 작은 게 아니라, 얼굴이 큰 겁니다.

Q양: (충격에 휩싸여) 어흑~! (OTL)

칼리 피오리나, 그녀의 시작은 한 회사의 평범한 비서였다. 그러나 23년 만에 휴렛팩커드(HP)사의 CEO로 당당하게 올라서 명실상부한 세계 최고의 여성 CEO로 새로운 비즈니스 역사를 기록했다. 스스로 '여자' 라는 틀을 벗어던지고, 뜻을 이루고자 하는 '카리스마 인간' 으로 포장해 달린 것이다. 이것이 칼리의 콘셉트였다. 요즘은 이 '콘셉트 잡기' 가 대세다. 스타들의 경우 아무리 긴 무명의 터널을 걸었다 해도 어느 순간 콘셉트 하나만 잘 캐치하면 바로 유명세를 달리고, 어설픈 콘셉트로는 하루아침에 안티만 백만이 되는 사례도 있다.

그렇다. 이제 당신도 차별화된 콘셉트로 자기를 포장하고 보기 좋게 꾸며야 할 때다. 비즈니스의 세계는 변화무쌍하여 하루가 다르게 진화하고 더욱 세분화되고 있는데, 당신만 뒤처질 텐가. 백그라운드의 상황을 잘 파악해 콘셉트를 잘 잡아야 나무랄 데 없는 워킹우먼이 될 수 있다.

그러나 다수의 여자들은 '그래, 이왕이면 예쁘게 포장하는 거야' 라며 우르르 성형외과로만 몰려간다. 코는 도도하게 높여주시고, 눈은 카리스마 넘치게 찢어주시고, 가슴은 C컵 사이즈로 풍만한 포용력을 갖춘 것처럼 보이도록 꾸며주세요. 포장을 마치고 나온 당신은 만족할지 몰라도, 보는 이들은 모두 거북하고 부담스러워 눈살을 찌푸리고 말 것이다. 다시 당부하건대 칼로 마무리하는 포장이 아니라, 그 누구도 범접할 수 없는 아우라로 포장하라는 것이다.

어디든 예외가 있듯, 외모 콤플렉스를 가질 만큼 못생긴 얼굴이라면 쌍꺼풀 수술이나 코 수술 등 약간의 의학 도움을 받는 것도 괜찮다. 매사에 콤플렉스로 주눅 들어 지냈던 과거를 훌훌 털어버리고 자신감과 함께 새롭게 도전할 수 있는 의욕까지 되찾는 기회가 되기 때문이다. 이렇게 자신을 어느 정도 꾸몄다면, 이제 블루오션의 차별화 콘셉트로 당신을 포장하라. 약간의 신비주의를 표방하여 일을 깔끔하게 처리하되 어떻게 해낸 거지 하는 궁금증과 호기심을 유발하는 안개형 콘셉트도 좋고, 항상 바른생활우먼으로 생활하되 놀 땐 화끈하게 일할 땐 뜨겁게 매달리는 카멜레온형 콘셉트도 좋다. 꾸미고 포장한 당신, 이제 조직 내에서 돋보이는 것은 시간문제요, 아우라와 카리스마로 제2의 칼리 피오리나가 되는 일만 남았다.

여자가 아홉 꼬리는 달아야 성공한다

체중도 당신의 경쟁력이다

36

H대리의 고민은 오로지 한 가지다. 바로 그녀의 체중. 옆 팀 W대리는 그렇게 먹어대는데도 언제나 슬림한 몸매를 유지하는데 왜 본인은 물만 먹어도 속수무책으로 살이 찌는지 알 수가 없다. 아니, 산소만 마셔도 살이 찌는 것 같다. 날씬한 것들은 가라고 외쳐대는 출산드라가 하루속히 세상을 구원해주길 바랐지만 그것도 물거품이 된 지 오래다.

#업무 미팅 나가는 K과장의 차 안

K과장: 벨트 맸지? 출발할게. (어유, 이거 스타트부터 만만치 않네.)

H대리: (안전벨트를 잘 맸으나 많이 조이는) 네에….

K과장: (기름값 많이 나오겠다. 무게가 장난 아닌걸.)

H대리: 늦지는 않겠죠?

K과장: 그럼, 제시간에 갈 거야 아마. (미치겠다, 차가 안 나가네.)

   (속도가 붙자, 오토 도어락이 덜컥 잠기고)

H대리: (놀라서 떨며) 어머, 과장님. 왜, 왜 이러세요?

K과장: 내가 뭘! 60키로 넘으면 자동으로 잠기는 거야.

H대리: (버럭 화내며) 과장님, 지금 무슨 말씀이세요? 저 60키로 안 넘어욧!!

K과장: @..@

동가홍상同價紅裳

오프라 윈프리, 최초의 여성 흑인 앵커로 숱한 역경과 고난을 헤쳐 손꼽히는 여성 리더가 되었으며, 전 세계를 주름잡고 있는 사람이다. 한때는 100킬로그램의 거구였지만 심장계 질환 증상을 보인 후 의사의 권유로 바로 다이어트에 돌입, 60킬로그램 정도를 뺀 후 자신감을 되찾아 현재 왕성한 활동 중이다. 그녀는 체중 변화 후 자신감이 배가 되어 더욱 열정을 갖고 일에 매달리게 됐다고 고백한다. 그렇다. 바로 그 '자신감이 있느냐 없느냐'에 따른 결과가 너무 다르기에, 여자는 결국 체중에 대한 고민을 해결해야 하는 것이다.

사회의 전반적인 기준은 이미 날씬하고 예쁜 여자로 선이 그어져 있다. 조금이라도 뚱뚱해 보이거나 지나치게 마른 사람에게는 이 세상은 알래스카의 추위만큼 냉혹하기만 하다. 이 시점에서 몸무게가 비즈니스와 무슨 상관이냐고 따진다면 할

여자가 아홉 꼬리는 달아야 성공한다

말 없지만, 세상 돌아가는 이치대로 따진다면 때려야 뗄 수 없는 관계라고 냉정하게 맞받아칠 수 있다.

비즈니스에서의 첫인상은 씨름선수의 경기 전 기싸움과 같다. 첫인상을 어떻게 주느냐에 따라 비즈니스가 판가름 나기도 하고, 또 당신의 첫인상은 상대가 무덤에 갈 때까지 한결같이 따라다니게 된다. 이럴 때 둔하고 미련해 보이는 인상과 까칠하고 짜증스러워 보이는 인상은 분명 도움이 되지 않을 것이다(이는 남자와 여자 모두 해당하는 부분이다). 평소 체중을 관리하여 그 상태를 꾸준하게 유지함으로써, 자기관리를 잘하는 사람으로 인정받고 더불어 경쟁력까지 갖출 수 있다.

이제부터 살과의 전쟁에 돌입하여, 가차 없는 가감정책을 쓰자. 솔직히 과체중인 경우 사회생활에서 낙오되는 경우가 많다. 현재 자신의 상태를 냉정하게 판단해 스스로 비만이라고 여겨진다면, 바로 체중 감량을 시도하자. 단, 무리한 다이어트와 운동을 피하고, 직장 내에서 가볍게 수시로 할 수 있는 운동으로 골라 천천히 시작하자. 과식을 피하고, 음료와 커피보다 물을 많이 마시고, 계단을 걸어 다니는 등의 작은 노력으로도 충분히 가능하다는 사실을 기억하라.

또 지나치게 체중 미달인 경우, 잘 먹고 잘 자는 등 살을 찌우도록 노력을 해야 한다. 깡마른 얼굴과 몸은 건조하고 예민해 보일 수 있으니 부디 마음을 여유롭게 갖고 몸에 좋은 음식을 섭취하여 스스로 체중을 관리하는 노력을 하자. 체중의 가감정책, 평균치를 향해 반드시 실시하라!

37

너 위에 나 있다

무림강호를 평정한 지존무상은 한낱 홍콩 영화 속에서만 등장하는 것이 아니라는 사실을 알려준 장본인은 J대리다. 근처 구석구석 맛집을 꿰차고 있어 주변 동료들의 입맛을 돋워주는 회식지존이 되기도 하고, 후배 여직원에게는 매너 좋은 쿨가이로 애교지존이 되기도 하고, 또 시도 때도 없이 수위조절 안 되는 방귀를 뀌어대 방귀지존이라 불리기도 한다. 오지랖 넓은 우리의 J대리, 이렇게 어딜 가나 인기 만점의 지존무상으로 군림하지만, 그에게 있어 치명적인 오류로 남은 분야는 바로 업무. 본인의 전문분야로 훤하게 꿰뚫고 있어야 할 분야에 있어서 허당이라니, 대략 어불성설이다.

#사무실, 인터넷을 둘러보던 부장이 한마디한다.

B부장: 이봐, J대리. 이번에 '너네은행'에서 새로 내놓은 금리상품 봤어?

J대리: 아뇨. 왜요?

B부장: 이 사람 참… 우리 은행도 그렇게 톡톡 튀는 상품을 내놔야 고객들이 오지. 안 그래도 실적이 부진해서 난리들인데… 쯧쯧. (뒤질랜드로 보내버려야 한다니까….)

J대리: 그건 그렇고 이번 주 낚시 가신다면서요? 물 좋은 곳 오픈 했는데 알려드려요? 지도까지 좌악~ 뽑아드릴 테니 월척 하나 땡겨 오세요, 부장님.

B부장: 으이그! (허당지존 같으니라구….)

지존무상至尊無上

지존은 임금을 높여 부르는 극존칭으로, 임금 위에 아무도 없다는 뜻. 어느
자리 어느 업무에 임하든 최고가 되기 위해 노력해보자는 의미다.

지존이라는 말은 최고에게 붙여주는 찬사다. 그렇다면 당
신은 당신이 일하고 있는 파트에서 지존이라는 이름으로 불릴
만한가 한번 짚어볼 때다. 자신이 몸담고 있는 분야에 있어 새롭
게 업데이트된 정보나 변화되는 트렌드, 혹은 라이벌 회사의 변
화, 동종업계의 새로운 움직임 등에 대해 민감하게 반응하는 등
뒤처지지 않으려는 노력을 끊임없이 해야만 살아남는 세상이
다. 그러니 자기의 일에 있어서만큼은 지존으로 불려도 좋을 만
큼 해박한 지식을 쌓아두는 것이 정답이다. 아는 것 많아서 먹고
싶은 것도 많겠다는 비아냥을 들을지언정 알아두면 모두 살이
되고 뼈가 될 터이니, 부디 살에 관한 다이어트를 하더라도 뇌에
관련된 다이어트는 피할지어다. 요즘 어린것들의 말로는 '지존'
대신 '작살'이라는 표현을 쓰기도 하는데, 지존이건 작살이건
당신의 분야만큼은 철저하게 공부해서 최고가 되어라.

진행형 인간이 되어라. 경영이나 경제, 디자인, 마케팅, 홍보, 기획 등 자신의 분야와 연결된 전문포털이나 전문지식이 가득한 사이트 하나쯤은 즐겨찾기에 꼭 넣어두자. 그리고 매일 아침 커피 한 잔과 함께 새로운 소식을 읽어 앞서가는 진행형 인간이 되자.

책책책! 책을 읽자. 밥은 굶을지언정 책을 굶지는 말아야 한다. 한 달 국민 평균 이동통신료가 십만 원을 오르락내리락하는 판에 도서구입 비용은 빵 원이라는 통계자료에 당신은 절대 일조하지 마라. 베스트셀러는 기본으로 읽어두고, 자신의 분야에 관계되거나 도움이 되는 책이라면 무조건 폭식하자. 아직 너무 많은 책을 읽다가 체했다거나 소화불량에 걸려 병원에 간 사람은 본 적이 없다. 부디 한 달에 한 권이라도 마스터하자.

TV를 보자. 어떤 이들은 TV를 바보상자라고 하지만 사실 알고 보면 정보 덩어리다. 현재 시점을 가장 잘 반영한 것이 TV 프로그램인 만큼 아이디어 소스를 뽑거나 트렌드를 읽을 수도 있고 소비자들의 성향을 파악할 수 있는 알짜 감각 정보가 가득 담긴 보물상자임을 기억하라.

38

배움에는 위아래가 없다

우리 팀의 버럭공주, N대리. 외모는 착하고 순한 데 반해 갑자기 버럭 하는 성격 때문에 다들 무서워하는 존재이기도 하다. 그런데 그 버럭에 이유가 있거나 그럴만하지라고 동조해줄 수 있는 것이라면 좋으련만, 이놈의 버럭은 통일성도 없고 그저 자기가 불리하다 싶은 상황에 발동을 하니 잘못을 해도 실수를 해도 다들 한마디도 못한다. 하지만 버럭공주에겐 화를 내는 단 하나의 규칙이 있음을 아무도 눈치 채지 못한다.

#회의실, 모닝커피를 마시며 회의 중

N대리: 자, 그럼 이 건은 1순위로 놓고 다들 속전속결로 진행해주고, 뭐 다른 의견 있는 분?

신입사원: 대리님, 이번 건이요. 리본(reborn)족으로 타깃을 더 좁혀보는 건 어떨까요?

N대리: (당황하며) 그냥 그대로 하지. 진행이 급한 건데 이제 타깃 조절을 한다는 건…. (여기다 왜 리본을 묶자고 지랄이야. 짱 나.)

신입사원: 대리님, 요즘 추세가 그렇더라고요. 트렌드를 무시할 수 없을 것 같고, 그냥 크게 바꿀 필요 없이 카피만 몇 개 더 추가해도….

N대리: (드디어 버럭 하며 책상을 쿵 내리친다.) 아니 OOO씨. 내 말이 말 같지 않아? 난 그렇겐 안 팔아~~~~! 아니, 못 팔아~~~~!

이유 있는 버럭, N대리의 비밀은 결국 자기가 알지 못하
는 것에 대한 분노였다. 자신의 무식이 탄로 날까 두려운 순간
외치는 비명이었던 것이다. 새파랗게 젊은 것이 더 잘하고 잘
아는 것에 불끈하고, 뒤처지는 자신에 대한 좌절을 표현하는
방식이었던 것이다.

기성세대는 확실히 신세대에 비해 감도 떨어지고 습득력
도 더디다. 반면 신세대는 세상 돌아가는 흐름을 잘 파악하고
스폰지처럼 흡인력도 있어 자신에게 필요한 것이라면 1초도 안
되어 빨아들이는 등 소위 잘나가는 아이들이다.

하지만 이제 마인드를 확 바꿔야 할 때다. 내가 미처 알지
못한 부분이 있다면, 후배건 나이가 어리건 간에 능숙한 사람
에게 배우고 익혀 부족한 부분을 계속 채워나가는 바지런함이
필요하다. 모르는 것은 창피한 일이 아니다. 그것을 부끄러워

하고 숨기려고만 한다면, 당신은 그 자리에서 이끼가 낀 돌처럼 굳어갈 것이다. 그러니 지금이야말로 업무에 적용해 배워야 하는 것이라면 악착같이 배우고, 후배들에게 앞서가는 선배의 모습을 보여줄 때다.

기획력은 있으나 추진력이 없다면 밀어붙이는 능력을 좀 더 키우고, 아이디어가 넘쳐 국제무대로 진출해보고 싶다면 외국어를 부지런히 배워 도전해보자. 기성세대의 문화 속에서만 뒹굴지 말고 신세대의 문화와도 친숙하게 어울릴 줄 아는 것이 스스로를 크게 키워나가는 것이다. 게다가 생각해보라. 그들에게 없는 VIP 마일리지가 있으니, 그것은 세월을 통해 얻은 연륜과 경험. 그것을 밑거름 삼아 열공합시다(열공이 뭐냐고? 욜씸히 공부하자고)!!

39

혼자서도 잘해요

실력 쌓으려고 대학원 진학까지 서슴지 않고, 내공 쌓으려고 전문분야 인턴사원까지 해치운 신입사원 N양은, 초 고사양의 인재 중의 인재다. 이제 남은 건 열정과 패기로 실력 발휘만 하면 된다. 그런데 입사 후 그녀의 일과는 복사와 커피 타기가 기본이고, 부장님 세탁소 옷 찾아다 주기, 과장님 간식 요일별 다른 메뉴로 챙기기, 심지어 주말 경조사에 대신 가서 부조하고 오는 일까지 가관이다. 슬슬 열이 오르기 시작한 N양, 오늘도 '해? 말아?' 를 고민한다.

#천사버전

해? : 야, 뭘 망설여. 그냥 해. 다른 회사라고 다를 줄 아니? 다 그렇게 시작해. 처음부터 큰 프로젝트를 애송이 직원에게 맡기는 데가 어딨겠어? 세상은 다 그런 거야. 뭐 커피? 그것도 그래. 너에게 커피 탈 수 있는 기회를 준다는 건 널 믿는 거야. 요즘처럼 험한 세상에 자기 먹거리를 맡긴다는 건 100프로 신용 없이는 힘든 거거든. 암, 그렇고말구. 또 부른다. 커피 맛나게 타다 줘라.

#악마버전

말아? : 넌 자존심도 없어? 아니 비싼 등록금 내고 박사까지 땄는데 억울하지도 않아. 너 같은 고급인력을 허드렛일이나 시킨다는 건, 자원낭비야. 치열한 경쟁시대에 남들 다 욜나 일하는데, 배달의 기수나 하다가 인생 종 칠래? 뭐어, 신입이니까 참아야 한다고? 어휴. 답답해. 저 노처녀 또 생리대 사 오라고 하나보다. 반창고나 하나 사다주고 엎어버려.

살신성인殺身成仁

정의를 위해 자신의 목숨을 희생한다는 뜻으로, 자신의 고통을 감수하며 타인에게 봉사하거나 자신의 이익을 양보해 남을 위하는 것을 의미한다.

영화 《악마는 프라다를 입는다The Devil Wears Prada》의 여주인공은 까칠하기 그지없는 유명 패션잡지 편집장의 초짜 비서로, 이리 치이고 저리 치이고 실수연발이다. 하지만 시간이 흐른 후, 잔뼈가 굵어진 그녀는 일사천리로 그 까탈스러운 편집장의 입맛을 잘 맞추는 워킹우먼으로 변신한다. 물론 영화 속 그녀의 직업은 비서, 당연히 편집장의 수족이 되어 완벽하게 업무를 수행해야 하는 입장이다.

하지만 비서가 아닌 직원임에도 윗사람이 아랫사람에게 심부름 시키는 것쯤은 아무것도 아니고, 신입일 경우는 거의 심부름꾼이 아닐까 싶을 만큼 마구 부리는 행동은 이제 직장에서는 사라져야 할 때다. 업무와 관련하여 입사 순으로 주어지는 일은 당연히 해야 하는 일이지만, 손 하나 까딱하기 싫어 옆사람에게 은근슬쩍 시킨다거나 내가 하기 싫은 일이라고 아랫

사람에게 계급으로 누르듯 던져준다면, 당신은 직장 꼴불견 1위로 아웃되어야 할 블랙리스트 1위다.

이제 계급이나 직함, 입사 순서를 떠나서 자신이 해야 하는 일은 스스로 처리하고 누군가에게 부탁하거나 미루지 말자. 또 여자들의 묘한 경쟁 구도 속에서 기싸움의 방법으로 심부름을 의도적으로 시키는 일도 절대 삼가자(앞서 말한 것처럼 여자의 적은 여자가 아닌 남자다!). 그 사람을 정당하게 부릴 수 있는 사람은 월급을 주는 고마운 사장이지, 당신이 아니다. 게다가 한두 번 부탁을 묵묵히 받아주면 계속해서 그런 부탁과 심부름이 이어질 것이고, 당신은 그 스트레스로 명줄을 재촉하는 일이 된다. 그러니 독립투사만큼 투철한 자립심으로 자신의 일은 자신이 알아서 척척 하자. 카피? 커피? 하다가 코피 터져!

사천만 땡겨주세요

만년대리 E양, 그녀의 주제곡은 '난다 김의 사천만 땡겨주세요'. 이혼하면서 억대의 위자료를 받았다는 소문도 무색할 만큼, 마이너스 통장에 현금서비스는 물론이요, 이제 사채까지 겁 없이 써대는 모양이다. 암만 재테크와 미래를 위한 투자라지만 빚을 지고 부를 축적한다는 것은 어불성설! 급기야 직장에 깍두기 아저씨들이 찾아오는 경우도 있었으나 번번이 1층 경비원의 저지로 겨우 목숨 부지했을 정도다.

#그녀만의 아주 특별한 사채 레시피

 **재료** 무보증대출 100만 원

쉽고 빠른 전화상담 200만 원

신용조회기록 없이 150만 원

여성 무담보 대출우대 250만 원

첫 이용시 이자 캐시백 300만 원

직장동료 임시변통 300만 원

 **요리 방법** 먼저 준비한 '푸짐한 재료'를 한꺼번에 잘 섞어준다. 급전끼리 뭉쳐지면서 쫀득한 점성이 생겨 반죽이 알맞게 되면, 180도 정도 끓는 재테크 기름에 튀겨 달콤한 펀드가루를 살살 묻혀준다. 기호에 따라 부동산 시럽을 뿌리거나 새콤한 주식

소스를 곁들여도 좋다. 완성 후 쪽박 그릇에 예쁘게 담아내
면 된다. 이때 신용불량 박스에 포장하면 테이크아웃도 가능
하다.

적소성대積小成大

티끌 모아 태산이라는 속담과 같은 의미의 사자성어로, 한 푼 두 푼으로 목
돈을 만들 수도 있고, 한 푼 두 푼으로 망할 수도 있으니 조심하자는 뜻.

드라마 《쩐의 전쟁》에서 금나라는 돈을 알고 돈을 배워 돈
장사로 아버지의 복수를 하는 멋진 주인공이지만, 따지고 보면
그는 얍삽하게 돈을 굴려 이자놀이를 하는 사채업자에 불과할
뿐이다. 최근 한창 잘나가는 연예인을 기용해 근사하게 포장된
대출광고들까지 골든타임 공중파를 통해 판을 치니, 그 무섭다
는 사채가 얼마나 우리 주변에 깊숙이 자리 잡고 있는지 대충
짐작이 간다. 여자면 무조건 오케이, 쉽고 빠르게 인터넷으로
3분이면 오케이, 주부도 무보증 오케이라고 외치면서 경제관
념이 약한 여성을 유혹하고 급전이 필요해 발을 동동 구르는
사람에게는 간절한 동아줄이라도 내려줄 주문처럼 느껴진다.

여자가 아홉 꼬리는 달아야 성공한다

　자, 평소 절친한 동료가 꽤 많은 돈을 빌려 달라고 어렵게 부탁했다고 치자. 당신은 돈을 빌려 주겠는가, 거절하겠는가? 정답은 하나, 일언지하에 거절한다. 야멸차게 들릴지 모르지만, 일단 돈이 오고가게 되면 의가 상하기 마련이다. 얼마나 간절했으면 자존심 다 버리고 손을 내밀까, 서로 도와가며 살아야지 하는 마음이 들더라도 잠시 접어두는 것이 좋다. 냉정하고 인정머리 없는 사람이 되는 것은 순간이지만, 돈을 빌려 주고 자칫 원수가 되는 것은 평생이다.

　‘대출은 계획적으로’ 라는 멘트에 걸맞게 종종 돈 꾸는 것도 계획적으로 하는 부류가 있어, 다수의 사람이 선후배를 비롯해 친구, 동료에게 돈을 빌려 주었다가 받지 못한 경험을 종종 이야기한다. 한꺼번에 여기저기 돈을 부탁해 받은 뒤 아예 회사를 퇴직하고 사라지는 유형이 있는가 하면(이런 사람은 다시 취직해서 같은 짓을 하고 돈과 함께 사라진다), 급하다며 내일모레 월급날 주겠다고 가볍게 부탁해오는 유형(이런 사람은 그날 월급날은 물론이고 내일, 내일, 꼭 내일 줄게를 반복하며 사람을 지치게 한 후 절로 나가떨어지게 해 입을 싹 씻는다)도 있다.

다시 한 번 강조하자면, 직장은 어디까지나 일을 하는 공적인 장소이다. 개인적인 급전이 필요할지라도 절대 직장 안에서 손을 벌리지 말자. 또 누군가 손을 벌려오더라도 눈 질끈 감고 본인의 상황도 넉넉지 못하다고 부드럽게 거절하는 것이 좋겠다.

하나 더 추가하자면, 어쩌다 오가게 된 푼돈이라도 정확하게 계산해서 주고받자. 1, 2만 원 푼돈을 모아서 1억, 10억 만드는 세상이거늘, 셈 흐린 계산법으로 대충 넘어가는 것은 도둑놈 심보요, 일종의 범죄다. 혹 지금 퍼뜩 떠오른 돈이 있다면 당장 갚자. 돈이 오가지 않는 우리 회사 좋은 회사!!

여자가 아홉 꼬리는 달아야 성공한다

포커페이스 공주와
일곱 표정

2년차 M양, 입사 초에는 풍부한 얼굴 표정으로 회사 분위기를 쌈박하게 해주는 참신함이 있었다. 그러나 지금 그녀는 무슨 배짱인지 쌩얼로 등장하기 일쑤고, 다크서클이 무릎까지 내려와 주신다. 어디 그뿐이랴. 월화수목금토일 요일별로 일곱 가지 악한 표정을 다 드러내 보이며 막장 직장생활을 하는 중이다.

#회의 시작 전, 회의실로 하나 둘씩 모여들고

P대리 : 어이, M씨! 얼굴이 환하네(라고 해줘야겠지? 잘못 건드리면 끝장이니.). 요즘 연애하는 거 아냐?

M양 : (양미간에 내천 자 그리며) 뭐라구욧! 맨 마지막 해본 키스가 2002년 월드컵 땐데 누구 염장 질러요!

(싸한 분위기가 퍼질 무렵, 막내 들어오며)

I양 : 어, 선배님 여기 계셨네요. 오다가 선배님 생각나서 라떼 하나 샀어요. 회의하기 전에 한 잔 드세요.

M양 : (갑자기 들뜬 표정으로) 어머, 향 너무 조오타아~! 자기밖에 없엉~!

P대리 : (다중인격자야 뭐야? 아으 짱나.)

경거망동輕擧妄動

경솔하고 분수에 없는 행동을 뜻하는 말, 발끈하거나 급하게 성질부터 내지 말고 평정을 유지하는 사람이 되자.

타짜의 생명은 포커페이스다. 아무리 후진 패가 들어와도, 한 번에 올인해도 좋을 대박 패가 들어와도 지리산에서 도닦는 신선 마냥 무표정한 얼굴로 있어야 진정한 타짜가 되어 판을 싹쓸이할 수 있다.

또 스포츠 경기도 마찬가지다. 아무리 불리한 상황에도 표정을 바꾸지 않고 유지하는 마인드컨트롤을 하면 역전승할 수 있다. 비즈니스 판에서도 '싫으면 싫다, 좋으면 좋다, 열 받으면 열 받았다, 재수 없으면 재수 없다'고 성능 좋은 스캐너 마냥 얼굴에 선명한 고해상도로 감정을 모두 표현하고 살 수는 없다.

그렇다. 당신의 비즈니스 세계에서도 포커페이스는 기본이다. 감정을 철저하게 배제하고 겉으로 쉽게 드러내지 않아야 업무에도 큰 도움을 주고 스스로 평정을 되찾기도 쉽다. 위아래 없이 화내고 싶을 때 버럭 한다든가, 시도 때도 없이 아랫입

여자가 아홉 꼬리는 달아야 성공한다

술을 자근자근 깨물며 눈을 부라린다든가, 하기 싫은 일 시킨다고 입을 쭉 내밀고 앉아 있는 스타일이라면 조용히 일어나 비즈니스계 아니, 조직이라는 곳을 떠나라.

중요한 비즈니스 석상에서 밀도 있는 대화로 밀고 당기기를 하는 상황에서 얼굴에 그대로 감정을 드러내면 속내를 다 보이는 꼴이니 십중팔구 그 판에서 당신은 실패하게 된다. 특히 남자에 비해 여자가 훨씬 감정의 오르내림이 심하고 겉으로 표현하는 편이라 더욱 포커페이스 유지에 힘써야 할 것이다.

여기에 하나 더 추가, 집안에 우환이 있거나 남친과 심하게 다투는 등의 사적인 이유로 안 좋은 얼굴을 드러낸 채 업무에 임하는 것은 본인뿐 아니라 다른 이들까지 불편하고 신경 쓰이게 만든다는 사실을 명심하자. 그럴수록 마음을 다잡고 표정을 관리하는 것이 오히려 큰 도움이 된다.

스스로 화면조정 시간 컬러보다 더 다채롭게 변화무쌍한 감정을 드러내고 산다면, 오늘부터 거울 보고 당신에게 어울리는 득도의 얼굴 표정을 연습하자. 냉철한 이미지의 비즈니스 우먼으로 당당하게 성공할 수 있을 것이다. 그 후로 포커페이스 공주는 일곱 표정 난장이와 이별하고 오래오래 행복하게 살았다. 이상 타짜동화 끝!!

42

체력이 능력

입사 1년차 D양은 같은 팀 S대리와 사내커플이다. 물론 그 누구도 눈치 못 채도록 첩보작전을 펼쳐가며 만나고 있으나, 이 편치 않은 연애에 이들 커플 곧잘 티격태격 싸우는 일이 잦다. 큰맘 먹고 잘해주자 싶어 D양이 S대리에게 문자를 쏜다. '선배, 휴게실에서 커피 한 잔 어때요?'

#휴게실에 먼저 도착한 D양, 광고 흉내 내어 뜨거운 커피로 얼굴 온도 높이고

S대리: 어유, 눈치 보여서 죽는 줄 알았네. 야, 자꾸 이렇게 불러내면 딱 걸려 우리. 사람들 눈치가 백 단이야, 백 단!

D양: (애써 참으며) 아잉, 선배. 나 열 나는 것 같아.

(선배의 손을 들어 자기 이마에 올리고)

S대리: (조용하고 나지막하게) 너 아프니까…. (갑자기 버럭) 아주 짜증이 난다. 짜증이. 맨날 아프대. 몸이 그렇게 튼튼하니까 온갖 성인병을 달고 사는 거 아니야!!

D양: 퍽~! 넌 끝이야!

여자가 아홉 꼬리는 달아야 성공한다

수복강녕壽福康寧

오래 살고 복을 누리며 건강하고 평안함을 의미하는 사자성어로, 열심히 일하는 그대들도 건강해야 모든 것을 다 누릴 수 있다는 점 명심하라는 말이다.

언젠가부터 '30, 40대 직장인들의 돌연사와 과로사' 가 이슈가 되기 시작했다. 앞날이 창창한, 이제 막 인생의 절정기에 접어드는 사람이 어느 날 갑자기 세상을 뜨는 황당무계한 기사는 이제 남의 일이 아닌 나와 내 주변 사람의 일이 되어버렸다. 그저 '과로' 라고 우습게 보고, 주말에 모자란 잠 늘어지게 자고, 가끔 입맛 확 당기는 음식으로 몸보신 해주면 그만이지 하다 보면, 끔찍한 사고를 당하기 쉽다. 하루하루 조금씩 쌓이는 피로와 스트레스를 애써 외면해 보지만, 누적된 피로는 우리에게 '만성피로증후군' 이라는 극약처방을 내린다. 그래도 꿋꿋한 의지의 한국인은 여전히 이 무서운 경계경보를 무시하고 있다.

그러나 비즈니스 정글에서 악착같이 살아남아 최후의 서바이버가 되려면 뭐니 뭐니 해도 건강이 최고다. 당신이 제대로 관리하지 못한 체력 때문에 골골대고 있다면 업무에 상상치

4장 여우들의 셀프관리 전략

여자가 아홉 꼬리는 달아야 성공한다

못한 큰 손실이 올 것이고, 효율성도 떨어지니 결과는 불 보듯 뻔하다. 냉정하기만 한 이 비즈니스 세상은 아프다고 측은하게 여기고 잠시 기다려주는 배려 따위는 존재하지 않으므로, 한 번 관리 못해 망가진 몸은 평생 쉬어야 한다. 튼튼한 체력도 당신이 가진 능력이라 여기고, 오늘부터 체력관리에 돌입하자.

기초체력을 다지자. 아직도 연약해 보이는 게 여자의 미덕이라고 믿었다간 큰코다친다. 일을 한다는 것은 많은 에너지를 필요로 하니, 평소 기초체력을 다져두어야 한다. 이른 아침 회사 근처에서 가벼운 달리기로 몸을 푼다거나 퇴근 후 요가로 굳은 몸을 이완시켜주는 등 무리가 되지 않는 자기만의 건강 단련법을 찾아 실천으로 옮기자.

휴식은 에너지와 비례한다. 피로와 스트레스는 쌓이는 족족 털어내는 게 피로와의 전쟁에서 이기는 것이다. 업무나 일과 후 몸과 마음에 적당한 휴식을 주면, 방전된 당신을 풀 충전시켜줄 것이다. 주말에 몰아서 잠만 자는 것보다는 반신욕이나 마사지로 뭉친 근육을 풀거나 연인과 데이트를 하면서 삶을 리프레쉬 해주면, 훨씬 개운한 한 주를 맞을 수 있다. 쉬는 만큼 에너지를 모을 수 있다는 것, 메모해두자.

외유내강의 강자, 복숭아가 되라. 보기 좋은 몸매를 갖기 위해 전념하는 운동보다는, 기본에 충실한 체력을 다지는 건강에 그 목적이 있음을 잊어서는 안 된다. 한마디로 복숭아 같은 사람이 되자. 겉으로는 말랑말랑 부드러워 보이지만, 속에 심지가 단단하게 박혀 강단 있는 느낌을 주듯, 당신도 복숭아처럼 외유내강한 사람이 된다면, 자기관리까지 잘하는 완벽한 비즈니스 우먼으로 인정받을 수 있다.

여자가 아홉 꼬리는 달아야 성공한다

43

뻔뻔(funfun)하게 살자

미국 사우스웨스트 항공사 승무원 U양, 그녀가 요즘 독파하는 책은 유머와 개그에 관련된 책이다. 단순히 독서뿐 아니라 상당수의 유머를 생활 속에서 사용하려는 것이 목적이다. 또 그녀가 운항중인 비행기에서 하는 안내멘트는 승객들에게 웃음과 더불어 편안함을 제공하니 이 항공사의 인기는 쭉쭉 하늘을 찌른다.

#띵 하는 소리와 함께 시작되는 승무원의 안내멘트

승무원 U: 잠시 안내 말씀드리겠습니다. 기내에서는 금연이오니, 흡연하실 분들은 비행기 날개 위 스카이라운지를 이용해 주시기 바랍니다. 흡연자 분들께 서비스로 제공하는 오늘의 영화는 '바람과 함께 사라지다' 입니다. 또 오늘 약간 비행시간이 지연된 점을 사과드리며, 혹 불만이 있으신 승객 분들께서는 앞뒤 양쪽 출구를 이용하여 뛰어내리시면 감사하겠습니다.

#잠시 후 음료 기내서비스 중

노부인: 맥주 한 잔 부탁해요.

승무원 U: (약간 놀라며) 어머, 손님. 저희는 미성년자에게는 술을 제공하지 않습니다. 실례지만 주민등록증 좀 보여주시겠어요?

노부인, 주변 사람: (깔깔거리며 기분 좋은 웃음)

일소일소일노일로 一笑一少一怒一老

한 번 웃으면 한 번 젊어지고, 한 번 노하면 한 번 늙는다는 말로, 웃음이 최고의 만병통치약으로 일상의 큰 즐거움과 행복을 가져올 것이니 실천하라.

웃음 열풍이 한반도를 강타했다. 언제부터인지 개그맨은 물론 배우, 가수까지 웃기는 사람 천지고, 미니시리즈보다 《개그콘서트》나 《웃찾사》 류의 코미디 프로그램의 시청률이 하늘을 찌른다. 게다가 백치미를 자랑하는 연예인보다 외모는 밀려도 위트와 재치가 넘치는 개그맨이 오히려 안티 없는 팬 층을 확보할 만큼 이미지가 업그레이드되었으니 유머 없인 살아가기 힘든 세상이 된 것이다.

또 소비자를 유혹하는 상품 광고는 어떤가. 광고가 번뜩이는 재치로 웃음이 나야 판매로 이어지니, 이제 전 세계 기업도 재미와 웃음이 있는 '펀 비즈니스'로 전략을 대폭 수정하는 중이다.

최근 조사결과에 따르면 재미있는 사람, 즉, 유머 있는 사람이 '일등 신랑감'으로 손꼽히고, 직장인 역시 가장 선호하는

CEO의 유형으로 유머감각이 뛰어난 CEO를 꼽는다니, 이제 당신도 직장에서 웃겨야만 살아남게 된 셈이다. 이래도 '웃음'을 우습게볼 것인가!

실제로 사람이 한 번 웃을 때 무려 231개의 근육이 움직이고, 웃을 때마다 엔돌핀이 솟아나와 우리 몸의 면역성까지 키워줘 통증이나 질환 예방은 물론이고 수명까지 연장해주는 효과가 있다고 한다. 바로 이런 이유에서 각박하고 메마른 세상을 부드럽게 살려면, 자꾸 웃을 일을 만들고 웃음을 주고 나누는 일에 부지런해야만 한다. 하지만 사람 웃기는 일이 어디 쉽던가! 다 노력이 필요한 일이거늘.

노력형 유머로 거듭나라. 유머를 천성으로 타고난 사람은 굳이 애쓰지 않아도 넘치는 재치로 주변 사람을 즐겁게 해준다. 그러나 평소 썰렁한 분위기 메이커로 유머감각이 제로라고 지레 포기하는 사람이라면 인터넷을 통해 많은 유머를 배워 전하거나 들은 유머를 전달하는 등 노력을 해서라도 스스로 웃길 줄 아는 사람이 되어야 한다. 경직된 직장 분위기를 한순간에 말랑말랑하게 만드는 당신, 분명 사랑받는 사람이 될 것이다.

섣부른 유머는 웃음살인마. 가끔 우리 주변에 복병처럼 나

4장 여우들의 셀프관리 전략

타나는 썰렁 유머의 대가들이 있다. 이렇게 덜 익고 썰렁한 유머는 웃음을 두 번 죽이는 살인행위다. 억지웃음을 자아내는 코미디를 보는 것만큼 스트레스를 주는 것도 없다. 부디 썰렁한 펭귄 유머로 폭탄을 던질 요량이면 아예 하지 마라!

펀 라이프 위에 펀 비즈니스. 스스로 재미있는 사람, 위트 있는 사람으로 일상을 살아가면, 자연스럽게 몸에 유머감각이 밴다. 그리고 이 감각은 당신의 직장생활에도 적당히 스며들어 의도하지 않아도 펀 비즈니스를 하게 한다. 그러니 누군가 당신을 웃긴다면 박장대소하며 웃어주고, 당신도 그만큼 상대에게 웃음과 유머를 톡톡히 갚아라.

여자가 아홉 꼬리는 달아야 성공한다

44

네 이웃의 개인기를 탐하지 마라

C대리, '있는 듯 없는 듯' 한 게 그녀의 콘셉트이다. 한 직장에 몇 년 동안 잔뼈가 굵은 위치지만, 항상 무난하게 큰 트러블 없이 지내다 보니 딱히 누구에게도 어필하지 못한 나머지, 팀원들은 아무도 그녀의 존재를 알지 못한다. 콘셉트의 목표달성이라고나 할까. 하지만 C대리, 이제 외롭다. 아니 고독하다. 그림자보다 못한 자신의 존재감에 화가 난다. 콘셉트를 잘못 잡았나봐!!

#정신없이 바쁘게 돌아가는 사무실

과장: 식스시그마 자료는 누가 정리했지?

직원1: 아, 저요. 지금 파워포인트로 정리하는 중인데 5분 후에 메일로 쏴드릴게요.

과장: 땡큐.

직원2: 상반기 분석표는 과장님 책상 위에 있고요. 나머지 문서파일은 출력해서 드릴게요.

과장: 오케이!

C대리: (과장을 비롯해 직원들 앞에 가서 두 팔을 휘젓지만 투명인간인 듯 아무도 그녀를 보지 못하고) 전 무슨 일할까요, 과장님? (직원 어깨를 치며) 이봐, 나야 나 C대리. 모르겠어? (또 다른 직원에게) Y양, 나라니까. 커피 타줄까? (머리 쥐어뜯으며 좌절, 풀썩 주저앉는다.)

(혼잣말, 두 주먹 불끈 쥐며) 그래, 안 되겠어. 변신해야겠
어!! (벌떡 일어나 한 손은 허리에 한 손은 하늘을 향해 뻗으
며 빙글빙글 돌며 버럭 외친다.) 사랑과, 정의의 이름으로,
변시이이이인!! 나는 세일러 카멜레온!!

직원 모두: (다들 인상을 구기며 한마디씩 한다) 아, 쟤 뭐야? / 어
느 룸살롱 삐끼야, 너무 구리다아! / 우씨이~ 경비는 뭐
하는 거야? 저런 애 안 잡고.

C대리: (아 놔, 쪽팔려. 죽고 잡다.)

낭중지추囊中之錐

주머니 속에 든 뾰족한 송곳은 저절로 주머니를 뚫고 나온다는 뜻으로, 재
주가 뛰어난 사람은 숨어 있어도 어차피 표가 나 사람들이 알게 된다는 의
미다.

수십 가지의 맛있는 음식으로 가득 찬 뷔페식당에 갔다고
치자. 많은 음식 중에서도 당신의 젓가락이 한 번이라도 간 음
식이 있는가 하면, 그렇지 못한 음식이 있을 것이다. 더 좁혀
들어가 당신이 선택한 음식 안에서도 두 번 이상 먹게 되는 것
이 있을 것이고, 최후까지 당신의 입맛을 사로잡은 한두 가지

여자가 아홉 꼬리는 달아야 성공한다

음식이 마지막 접시에 남을 것이다. 아마 그것은 평소 당신이 좋아하는 음식일 것이고, 특별히 다른 어떤 날보다 맛있다고 느껴졌을 게 분명하다. 이렇게 뷔페에서 배가 부른 당신은 그 두어 가지 음식을 오래 기억하게 된다.

그러니 바로 당신이 속한 조직에서도 이런 존재로 최후까지 살아남아야 성공하는 것이다. '있으나 없으나' 부류라면, 틀림없이 너무 평범해 눈에 띄지 않거나 그렇다고 큰 사고를 치는 것도 아니니 점점 다른 이들에게서 멀어질 것이고 조직에서 아웃되는 것은 시간문제다.

그러니 '썸띵 스페셜' 한 무엇으로 당신을 각인시키고 항상 있어야 하는 존재로 우뚝 서야 한다. 단, 여기서의 '썸띵 스페셜'은 업무와는 별개의 것이다. 평소 업무 능력이야 기본으로 갖추어야 하는 것이고, 다른 이들과 차별화할 수 있는 그 무엇, 딱 하나의 그것을 말한다. 쉽게 말하면 바로 '개인기'다.

가수가 노래는 못해도 성대모사만 잘하면 인기 만점이고, 배우가 연기 못해도 말발이 세면 섭외 1순위가 되는 것처럼, 개인기 딱 하나면 당신도 스페셜한 사람이 되어 조직에서 서바이벌하기 유리한 조건을 갖게 된다. 개인기는 그 어떤 것이라도 좋다. 대신 평소 당신이 잘하는 것, 좋아하는 것 중에서 선택하는 게 바람직하고, 더불어 준 프로의 수준이면 다 통한다.

몇 가지 예를 들어, 끔찍할 만큼 정리벽이 있는 당신이라면 꼼꼼한 정리의 여왕이 되어 문서와 기타 자료를 완벽하게 세팅해 당신이 있어야만 핸들링이 가능하게 만들고, 취미로 즐기는 사진 실력이 어느 정도 된다면, 회사 업무 관련 포토그래퍼로 자청해서 이미지 기록을 위해 주변에서 당신을 찾게 만들면 된다.

그 외에도 요리에 자신 있다면, 가끔 빵이나 쿠키를 구워 간식타임에 쏘거나 상사 생일에 근사한 핸드메이드 케이크로 깊은 인상을 주고, 정선희만큼 흉내의 달인이라면 적당할 때 웃음폭탄을 안겨주어 분위기 메이커가 되는 등 다른 사람과 차별화되는 전략으로 개인기를 활용해보자.

이제 썸띵 스페셜한 개인기 하나면, 당신도 섭외 1순위를 마크할 수 있다!!

여자가 아홉 꼬리는 달아야 성공한다

콜렉터가 되라

올해로 서른 중반에 접어드는 E과장, 극심한 워커홀릭이다. 일에 빠져서 연애도 가족도 친구도 뒷전인 채 직장에만 매달린 그녀는, 최근 과잉적응 증후군(개인생활은 모두 포기한 채 사회생활에만 몰두하는 마음의 병리 현상)이라는 판정까지 받게 되니 스스로도 우울이 바닥을 친다. 열심히 정신없이 달려왔는데, 어느 날 문득 고개를 들어 주변을 살피니 아무것도 없다는 사실에 대략난감하다.

#병원 진료실

의사: 음, 잠시 일을 쉬시는 것이….

E과장: 헉, 저보고 차라리 밥을 먹지 말라 하세요.

의사: 그럼 연애에 완전 몰입해 보시는 건?

E과장: (심각하게) 그건 어떻게 해야 하는 건데요?

의사: (양미간을 좁히며) 아니면 동호회 활동 같은 것도 도움이 될 텐데….

E과장: (구미가 당기는 듯) 동, 호, 회요? 첨 들어보지만 왠지 맛있을 거 같네요. 어느 일식집이 제일 맛나게 하는지 좀 추천해 주세요.

의사: (강적이다!)

슬픈 일일지는 몰라도 현대인의 보편적인 모습일 것이다. 경주마처럼 오로지 앞만 보고 무조건 이 악물고 달리다 결승점에 골인하면 기운이 쭉 빠지고 허무해지는 것처럼, 일에 몰입해 적잖은 성취감에 도전하고 또 도전하고 올라서니 맨송맨송할 뿐이다.

자기 분야에서 최고가 되기 위해 부단히 노력하다 보면 부지불식간에 워커홀릭이 되기 마련이다. 요즘같이 냉혹한 이 세계에서는 아무리 열심히 일해도 명예퇴직이나 구조조정의 칼바람을 쉽사리 피할 수도 없다. 이렇게 무모한 도전의식에 빠지기 전, 자신의 관심사를 적절하게 나누어 에너지와 열정을 나눠 쓰도록 하자.

업무에 쏟아 붓는 뜨거운 열정 중 약 20~30퍼센트 정도를 할애하여 자신이 쓰는 다이어리 혹은 사무용품에 애착을 가져

4장 여우들의 셀프관리 전략

보자. 근사한 만년필로 개인 업무일지를 정리해도 좋고, 탐나는 노트북 가방을 위시리스트에 넣어두었다가 매달 모은 용돈으로 구입해보는 것도 좋다. 아니면 독특한 문진이나 세련된 페이퍼나이프를 모으는 등의 취미는 어떨까? 이렇게 에너지를 조금 분산시킬 취미나 관심사를 만들어두면 극심한 일중독으로 가는 것을 피할 수 있다.

지나치게 업무에 몰두하다 보면 워커홀릭이라는 약도 없는 질병에 시달리기 십상이고 생활이 건조하고 단조로워진다. 그럴 때 이런 소소한 취미가 부드러운 감성을 유지하도록 도울 뿐 아니라 디테일한 사람으로 변화시켜 줄 것이다. 애지중지 아끼는 그 무엇은, 색다른 비즈니스 세계로 당신을 안내할 것이다.

46

무식이 원수

1년차 U양, 이제 막 직장 적응기를 벗어나자 마음의 여유가 생겼다. 게다가 입사 1년 선물로 자기가 자기에게 애썼다며 차를 구입했으니, 새 차 뽑고 룰루랄라 신이 난 초보운전자 U양, 어느 날 저녁 퇴근 후 친구와 드라이브하고 집에 가는 길에 상상초월 울트라스펙터클짱 사건이 발생했다.

#U양, 빨간 신호등에 정지해 서 있다.

U양: (라디오 소리에 맞춰 나지막하게 노래 부르고) 사랑이 저만치 가네~ 띵가띵가.

(갑자기 쿵 하는 굉음과 함께 뒤차가 U양의 차를 들이받다.)

U양: 액!

(놀라고 당황한 U양, 차 안에서 꼼짝도 못하고 있는데 뒤차 운전자 다가와 창문을 내리라고 손짓한다.)

U양: (창문을 내리고)

뒤차 운전자: (선빵을 날린다) 아니 지금 후진하셨어요?

U양: (기어들어가는 목소리로) 그러니까… 전 안 움직인 것 같은데… 후진했나?

뒤차 운전자: 보아하니 초본 거 같은데, 서로 다친 데도 별로 없고

차도 멀쩡한 거 같으니까 내 한 번 봐주지 뭐. 아가
씨, 운 좋은 줄 알아.

(다음날 사무실, U양 어제의 사고 얘기하며)

U양: 이러면서 가더라고, 그래서 운 좋게 돈도 안 물어주고 넘어갔
지 뭐.

(동료들 모두 울다 웃다 울다를 반복한다. 한마디 던진다.)

동료 일동: 너 바보 아냐?

원화소복 遠禍召福

재앙을 물리쳐 멀리하고 복을 불러들인다는 말로, 관련 법률에 대해 조금
이라도 숙지하면 억울하게 화를 당하지 않을 것. 아는 것이 힘이 되는 세
상이다.

왜 아니겠는가. 뒤에서 받아놓고 후진했냐고 물은 운전자
도 훌떡 깨지만, 한마디도 못하고 당한 U양은 또 무언가. 대부
분 서로 움직이다가 난 사고일 경우 쌍방과실이지만, 정지해
있는 차를 뒤차가 와서 받을 경우 100퍼센트 뒤차 책임이거늘
초보인 U양은 이를 알지 못했던 것이다. 그녀가 알고 있는 것
이라곤 사고 나면 뒷목부터 잡고 나와라, 열 받게 하면 쌍 라이

트 켜라는 식의 곤조(일본어로 성질, 본성)만 배웠을 뿐이다.

솔직히 대부분의 사람들은 법이라곤 눈곱만치도 알지 못한다. 그러면서도 만날 법대로 하자고 타령을 한다. 하물며 여자인 우리는 골치 아프고 복잡한 언어로 구사되는 법 상식 자체가 거북하고 부담스럽기만 하다. 하지만, 살아가면서 알아야 하는 기초 법률 정도는 익혀야 손해 보고 살지 않는다. 특히 자신의 업무와 연관된 법률은 기초보다 더한 수준이라도 익혀두고 숙지해야 법을 어기거나 억울함을 호소하지 않는다.

조직 내 업무에서 발생하는 숱한 계약서의 내용을 꼼꼼하게 파악하고, 모르는 부분은 체크해서 알아두자. 그리고 그에 따르는 빈틈까지 철저하게 찾아내 보완하는 몫까지 확실하게 해내는 것이 진정한 프로의 모습이다. 사인만 덜렁 하고 덮어둔 계약서가 나중에 조직에 막대한 영향을 끼치기도 하고 당신의 명줄을 끊는 극약이 되기도 하니 반드시 조심하자.

그 외 콘텐츠 저작권이나 사용에 관한 법률, 근로자의 생활향상과 고용안정지원에 관한 법률 등 당신의 생계와 생존을 위해 필요한 분야의 기본 참고 사항을 항상 숙지한다면, 어느 누구도 당신을 얕잡아볼 수 없을 것이다. 설사 막돼먹은 사장이 커피믹스조차 맛있게 못 탄다며 해고한다 해도, 당신은 흥하고 코웃음을 치며 직업안정법 O조 O항에 의거하여 절대 그럴 수 없다며 맞받아치기만 하면 된다. 이건 완전 쓰리고에 피박이 겹친 대박 감이다.

또한 IT강국의 장점을 적극 활용하자. 나홀로닷컴(http://www.nahollo.com) 같은 법률 관련 사이트에서 해당되는 분야의 정보와 지식을 얻는 등 평소 부지런히 발품을 팔아 익혀두면 언젠가 큰 도움을 얻게 될 것이다. 자, 이제 당신에게 남은 일은 한편의 드라마를 보다 더 리얼한 역전 드라마로 바꿔 근사한 피날레를 장식하는 것이다.

47

얼짱보다 뇌짱

A주임은 정보통이긴 하나, 하등에 도움이 안 되는 잡지식만 머릿속에 하나 가득이다. 립스틱은 어느 브랜드가 물광짱이라 섹시로 작업하기 유용하다 하고, 연예인 아무개가 쓰는 땡땡 슬리밍젤은 바르기만 해도 살이 빠진다더라 하고, '금사'라 불리는 성형술은 천만 원부터 시작하는데 10대 피부는 보장 받는다더라 하는 막돼먹은 지식만 가득하니, 정작 필요할 땐 무식한 소리만 난사하여 여럿을 쓰러뜨린다. 와우, 오늘도 한 번에 10명, 빙고~!

#점심식사 후 커피타임

과장: 주가가 또 떨어졌더만. 윽, 나 쪽박이야 이제. 마누라한테 쫓겨날지도 몰라.

A주임: 그러게 그런 걸 뭐 하려고 하세요. 괜히 머리만 복잡하게! (남자들이란, 흥!)

과장: 늙어서 누가 밥 먹여주나. 미리미리 준비를 해야지. (찍어 바르는 데 돈 들이지 말고 재테크를 해라. 꾸며도 똑같구만. 쳇!)

직원2: 그나저나 서민들은 이리 살기도 힘든데, 위에 분들 고소영이니 강부자니 하는 소릴 들으니 밸이 꼬이더만요.

A주임: 아, 고소영이요?

과장: (무시하며) 아니, 고소영을 알아? 이거 배우 말하는 거 아냐.

A주임: (버럭 하며) 어머! 과장님 왜 사람을 무시하고 그러세요. 아무
       럼 고소영도 모를까 봐요? 고! 고졸학력 소! 소시민 영! 영어
       불가. 이거 줄임말이잖아욧~! (저만 잘났나. 아 재수 털려!)

       (모두 난사당해 쓰러지다.)

괄목상대刮目相對

눈을 비비고 다시 본다는 뜻으로 다른 사람의 학식이나 재주가 크게 진보
한 것을 이르는 말. 학문이 끊임없이 나아간다는 일취월장(日就月將)과도
견줄 만하다.

최근 세계적으로 알파걸이 뜨고 있다. '알파걸(Alpha Girl)'이란, 공부뿐 아니라 운동과 리더십 등 모든 분야에서 남학생에게 전혀 뒤지지 않을 만큼 똑똑한 여학생을 일컫는 말로, 최근 사회 각 분야에 걸쳐 능력 있고 머리 좋은 엘리트 여성을 모두 포함하는 말이다. 작년 법조계 판검사 임용예정자 중 여성이 약 53퍼센트 비율로 사상 처음으로 절반을 넘었고, 전 세계 기업에서 여성간부와 CEO의 비율 또한 급상승 중으로, 그야말로 비즈니스의 장에서 남자와 당당하게 함께 뛰고

여자가 아홉 꼬리는 달아야 성공한다

있는 중이다.

아직도 남성에 비해 여성이 정치나 경제에 약하고, 허영과 질투만 가득하다는 고정관념을 가졌다면 당장 믹서에 곱게 갈아 마셔 버리길 권한다. 또 혹자는 여성이 남성보다 알츠하이머에 걸릴 확률이 더 높은 것도 평소 머리를 안 쓴 결과로 몰아붙인다. 그런데 그렇게 머리 쓰고 사는 남성은 여성보다 왜 파킨슨씨병에 더 잘 걸린단 말인가.

사정이야 어찌됐든 당신 역시 조직에 속해 있는 사람이라면, 알파걸까지는 아니어도 하다못해 양파걸이라도 되어야 한다. 하나씩 하나씩 껍질이 벗겨질 때마다 반짝거리는 아이디어가 쏟아지고, 경제와 정치에 관한 새로운 정보가 항상 업데이트되어 있는 등 속이 꽉 찬 양파 같은 사람 말이다. 이렇게 뇌를 예쁘게 치장하고 지식으로 메이크업해 주면 아무리 덧발라도 뭉치지 않을뿐더러, 뇌 자체가 동안이 되어 당신의 외모는 저절로 돋보이게 된다. 여성들이여, 얼짱보다 뇌짱이 되자!

시사상식에 능통하라. 연예 면만 읽고 스캔들에 열광하지 말고, 경제 면이나 정치, 스포츠까지도 구석구석 살펴라. 복잡한 기사를 머리에 입력하는 것이 아니라 각 분야마다 동향을 살퍼 흐름을 파악하는 것이 관건이다. 최근 사람들의 화젯거리가 되는 뉴스에 뛰어들어, 함께 의견을 나눌 수 있다면 제대로 팔로우업 하고 있는 것이다. 뉴스 헤드라인으로 하루를 시작하자.

써칭(searching) 능력을 키워라. 인터넷이라는 도구의 발달로, 도서관이나 서점 같은 곳에 가 직접 전문서적을 찾아다닐 필요가 없는 세상이다. 클릭 한 번으로 세상의 모든 것을 당신 것으로 만들 수 있는 시대다. 그러니 검색 능력 하나만 제대로 갖춰도 업무에 커다란 효과를 줄 것이고, 알파걸로 진화하는 조건을 충분히 갖춘 것이다. 인터넷 쇼핑몰을 다니면서 싼 물건, 원하는 물건을 족집게처럼 찾는 능력이 있다면 가능성이 충분하다. 써칭녀로 이름을 떨쳐라!!

여자가 아홉 꼬리는 달아야 성공한다

#5
여우들의
비즈룰

48

공과 사 길들이기

H대리의 별명은 공맹사맹이다. 물론 본인은 그런 별명으로 사람들 입에 오르내린다는 사실을 알지 못한다. 공맹사맹은 다름 아닌 공과 사의 구분을 전혀 못하는 팔푼이라는 뜻으로 동료들이 지어준 것이다. 직장의 업무와 본인의 개인사를 믹싱해서 퓨전식 인생을 살아가니 고달픈 건 언제나 주변 사람들이다. 내일로 임박한 프로젝트 보고로 야근을 불사하며 팀 전체가 회사에서 먹고 자는 판국에, 오늘도 이 공맹사맹은 한 치 오차 없이 또 공과 사를 자연스럽게 믹싱하는 중이다.

#퇴근 시간 지난 사무실

M팀장: 자아, 다들 오늘도 힘들겠지만, 야근하면서 바짝 밀어붙이자구. 하루만 더 버티고 나면, 내 화끈하게 회식시켜줄게.

(네. 일제히 기운찬 대답 사이로 삐죽 흘러나오는 목소리 하나)

H대리: 저어… 그르니께, 팀장님.

M팀장: 또 왜? (쟤가 부르면 난 왜 불안해지는 걸까?)

H대리: 지가유, 6개월치 중국어 회화반을 끊었잖아유. 긍까 어제부터.

M팀장: 그래서? (대답 잘해라. 책상 빼는 수가 있다아~!)

H대리: 그게 워어낙 비싼 데다가 오늘이 첫날이라 안 가문 중국 인사말도 못 배워유우. (나 보내줘잉.)

여자가 아홉 꼬리는 달아야 성공한다

선공후사先公後私

공적인 일을 먼저 하고 사사로운 일은 뒤로 미루는 것을 의미하며, 공과 사를 정확하게 구분하는 합리적인 사람이 되자.

학창시절, 야자(야간자율학습)가 하기 싫어 어떻게든 핑계를 대고 미꾸라지 마냥 잘도 빠져나가는 친구가 있었다. 어찌나 핑계도 잘 갖다 붙이는지 담임선생님까지 고개를 절레절레 흔들 정도였다. 그 이유의 최고봉은 바로 '우리 엄마 결혼식이에요.' 담임선생님 이하 반 친구들까지 모두 두 손 두 발 다 들었을 정도다.

모든 일에는 이유가 따르기 마련이다. 타당성이 있거나 모두가 수긍할 만한 이유가 아니고서는 공적인 일에 사적인 핑계를 대는 것은 삼가는 것이 올바른 자세다. 또한 사적인 일에 공적으로 연결된 인맥을 함부로 쓰거나 은근슬쩍 공과 사를 섞어 넘어가는 것은 옆에서 지켜보는 이들이 댑따 짬뽕나는 일이다. 특히 야근과 주말근무가 어쩔 수 없이 발생한 경우, 다른 팀원들이나 동료들과 하나 되어 같이 움직이는 것이 직장인의 의리다.

퍼스널 핑계는 접어라. 이미 오래전부터 특별하게 준비해 온 남친의 생일날, 부득이하게 연장근무를 해야 할 경우, 당신은 어떻게 하겠는가(이런 말도 안 되는 상황의 연속이 바로 직장)? 마음 같아서는 당연히 남친과의 약속을 택하고 싶지만, 하루 이틀 다니다 때려치울 직장이 아니라면 개인적인 사유는 잠시 접어두는 것이 좋겠다.

대를 위해 소를 희생하라. 의리는 남자들의 전유물이 아니다. 여성들에게도 꼭 필요한 덕목이다. 대다수의 남자들은 직장일을 우선순위에 두는 경우가 많고, 공을 위해 사를 희생하는 것쯤은 당연하게 여긴다. 이제 여성들도 미래를 위한 투자라고 생각하고 대를 위해 소를 희생하고, 공을 앞세우는 습관을 들이자. 그것이 치열한 현실이다.

집안일은 집안일일 뿐! 많은 여성들이 의외로 업무와 관련된 일에 집안일과 육아를 핑계로 대는 경우가 많다. 물론 기혼의 경우 이 문제만큼은 풀리지 않는 숙제처럼 안고 가는 부분이지만, 업무에 시댁 혹은 육아 관련 핑계를 대고 빠지거나 불참하는 것은 피하자. 이는 자신을 옭아매는 덫이 될 뿐이고, 다

여자가 아홉 꼬리는 달아야 성공한다

른 여자직원들에게까지 피해를 주는 일이다. 공과 사를 엄격하

게 구분하는 똑똑한 여자가 되자.

안전지대,
세이프티존을 찾아라

갓 입사한 C양, 허구한 날 눈물바람이다. 아직 익숙지 않은 업무에 실수 만발이니 그럴 만도 하다. 하지만 이젠 작은 실수조차 너그럽게 봐주거나 애교로 넘어갈 수 없는 사회인 신분이다. 반면 찔러도 피 한 방울 안 나올 것 같은 T과장, 불리하다 싶으면 눈물로 사태를 무마하려 한다. 눈물에겐 참으로 모욕적인 일. 그녀의 눈물을 '악어의 눈물' 이라 부른다.

#불에타니까 사전 수록 신생단어

악어의 눈물 (crocodile tears **명사**) n.

1 [고유명사화] 악어의 눈물은 슬퍼서 흘리는 눈물이 아니라, 눈물 샘과 입의 신경이 연결되어 있어 먹이를 씹을 때 삼키기 좋게 수 분이 분비되는 현상. 정치가가 흘리는 위선적인 눈물, 거짓으로 흘리는 위기모면용 눈물 등을 일컬어 '악어의 눈물' 이라 부름.

2 셰익스피어의 『햄릿』, 『오셀로』 등의 작품에서도 이 눈물이 등장.

　[관용구]

악어의 눈물하다　　눈 가리고 아웅 하는 모양새.

악어의 눈물스럽다　　악어의 눈물스러워 눈꼴사납다.

악어의 눈물적이다　　접미사 ~적과 합성되어 요사스럽다는 형용사.

여자가 아홉 꼬리는 달아야 성공한다

경박단소輕薄短小

가볍고, 얇고, 짧고, 작다는 한자어의 조합으로, 생각 없이 가볍게 행동하고
깊이 없이 멋대로인 모양새를 가리킨다.

괴로워도 슬퍼도 절대 울지 않는다는 명랑소녀 캔디가 실존인물이었다면 십중팔구 건강상 커다란 합병증으로 무지 고생했을 것이다. 여자와 눈물은 떼려야 뗄 수 없는 운명으로 타고난 데다가, 슬픔을 억지로 참아 눈물을 삭이는 것은 건강에 상당히 좋지 않다.

한창 감수성 예민한 사춘기 소녀도 아니고, 이미 성인이 된 마당에 뭐 그리 울 일이 있나 싶지만, 세상은 녹록치 않다. 직장에서 얼기설기 엮어 있는 인간관계 속에서도 속 터지는 일이 생기고, 원치 않은 구설수에 억울한 주인공이 되기도 하고, 처음 도전하는 일에 쓴맛을 보고 속상해 하는 등의 예기치 못한 수백 가지 상황은 도저히 눈물 없이 지나갈 수 없다.

그런데 문제는 이런 상황이 발생한 후 컨트롤이 되지 않는 본능의 눈물 처리법이다. 남들 다 보는 앞에서 흉한 꼴로 우는

여자가 아홉 꼬리는 달아야 성공한다

것도 볼썽사납고, 그 자리를 박차고 사라질 수도 없고, 무조건 입술을 깨물어가며 참을 수만도 없는 일이다.

사람이 스트레스를 받게 되면 카테콜라민이란 호르몬이 분비되면서 우리 몸 구석구석에 유해한 영향을 끼치게 된다. 더불어 이 호르몬이 계속 체내에 쌓이면 독을 품는 것과 같아지는데, 이때 이것을 외부로 유출하는 유일한 통로가 바로 눈물이란다. 또 화를 내거나 분노를 폭발할 때 흘리는 눈물이 이 호르몬을 다량 함유하고 있어 짠맛이 더 난다니, 속상하거나 괴로울 땐 그저 한바탕 실컷 울고 나는 것이 최고의 치료법이 된다. 그러니 악어의 눈물로 눈물의 존재를 욕보이지 말고, 제대로 속 시원하게 울어라.

자신만의 울 공간을 찾아라. 직장에서 여자가 안전하게 울 수 있는 공간은 뭐니 뭐니 해도 화장실이다. 아무 방해도 받지 않고 완벽하게 독립된 공간이니, 편하게 울 수 있을 것. 그러나 화장실이 좁고 칸수가 적은 곳이라면 인적이 드문 비상구, 회사 옥상 등의 자기만의 비밀공간을 하나 점찍어두자. 열 받았을 때 잠깐 피해 감정을 조절하는 안전지대는 당신의 직장생활에 반드시 필요한 장소임을 기억하라.

눈물의 마인드컨트롤. 회의하다가 울컥해 그 자리에서 엎드려 운다고 치자. 쪽팔려서 절대 고개 들고 일어나지 못할 것이다. 사람이 많은 상황에서는 감정이 북받칠 때 수도꼭지 잠그듯 단숨에 막아 시간을 번 후, 그사이 당신이 정해둔 안전지대로 달려가 그때 울어라. 냉정한 비즈니스 세계에서는 작업용 눈물을 받아주는 남자가 아닌 매서운 남자 경쟁자만 가득함을 직시하고, 나약한 눈물 따위는 거두어라.

50

생까기, 그리고 짤리기

인간이 인간에게 지녀야 할 최소한의 예의를 국 끓여 먹은 우리 팀 3년차 Y양, 누가 말을 하면 대꾸조차 하지 않는 도도녀다. 암만 본인이 잘났다고 해도 상사가 묻는 말엔 답을 해야 할진대, 거의 개무시 수준이다. 모두가 아주 작심을 하고 어디 크게 한번 걸려봐라 끝장을 내주마 하고 단단히 벼르는 중이다.

#장마 시즌, 눅눅한 사무실 안

과장: (부하직원들을 향해) 비가 오니까 분위기가 너무 착 가라앉지? 오늘 일들 어여 마무리하고 파전에 소주 어때? 자네들 너무 지친 거 같아.

직원 1: 역시 과장님 짱이셔. 좋아요.

(다들 맞장구치며 한마디씩 거든다. 마지막 남은 Y양에게 모두의 시선이 꽂히지만 모른 척하며 키보드만 두드린다.)

직원 2: (박명수 호통버전) 야야야! Y양. 거 해도 너무하는 거 아냐. 싫으면 싫다 한마디면 되는데, 어른 무시하는 거야? 도대체 어디서 배워먹은 버르장머리야!!

(모두의 시선집중, 팽팽한 긴장감이 도는 가운데 천하의 강적 Y양, 핸드폰을 열어 버튼을 열심히 누른다. 그리고 다시 키보드를 두드리기 시작할 찰나, 팀원 모두의 휴대폰으로 들어온 문자 메시지) **'안 가요'**

서로 친분 있는 사람을 때에 따라 뻔뻔스럽게 모른 척하는 몰상식한 행동
을 일컬으며, 뒤끝 있는 사람에게 걸리면 끝장날 우려가 있음을 주의하자.

생깐다(필터링을 해야 하는 자리에서는 생강깐다로 표현)
는, 상대방에게 모욕을 주듯 반응조차 보이지 않고 아예 무시
하는 행동을 가리키는 신조어다. 어르신들의 용어로는 '개무
시'와 일맥상통한다. 이는 상당히 불쾌한 감정을 불러일으켜,
비교적 화를 다스릴 줄 아는 사람들까지도 쉽게 폭발하게 만드
는 매우 저렴한 행동이다.

최근 문자나 메일을 자주 사용하면서 이런 생까는 현상이
급증하기 시작했다. 다시 말해 상당수의 사람이 문자를 씹어버
리거나 메일을 읽고도 슬쩍 외면하는 경우가 잦다. 그리고 이
런 습관이 자연스럽게 몸에 배어 대화 도중 상대의 말을 씹어
면전에서 쪽을 주기도 하고, 대놓고 무시하게 되니 여기저기
바람 잘 날이 없다.

그러나 비즈니스를 하는 당신이라면, 직장에서 절대적으

로 금해야 할 행동이다. 생각해보라. 당신이 업무와 관련된 제안을 누군가에게 했을 때 상대가 좋다 아니다 대신 아무 말도 없이 그냥 넘어간다면 어떨까? 복장 터질 일이다.

러시아의 생리학자 이반 파블로프는 유명한 실험을 통해, '조건반사와 무조건반사' 이론을 발표했다. 개가 먹이를 먹을 때 저절로 침을 흘리는 현상은 본능에 따른 것으로 '무조건반사', 또 먹이가 없어도 종소리에 따라 훈련된 학습으로 침을 미리 흘리는 것은 '조건반사'라고 정의한 이 이론에 입각하여, 이제 당신도 변해야 한다. 사람들과 대화하거나 문자, 메일, 전화 메모 등의 일반적인 커뮤니케이션을 모두 통틀어, 한 치의 오차 없이 '무조건반사'의 행동 양상을 보여야 한다.

직장에서 인사를 주고받거나 회의석상에서 의견을 주고받을 때, 당연히 대꾸를 하는 것이 기본이고, 묵살하거나 모른 척하는 행동은 커다란 결례를 범하는 것이다. 하찮은 문자 안부 인사나 싱거운 내용의 메일이라도 보낸 사람에게 무조건반사로 반응을 보여주는 것이 올바르다. 세련된 커뮤니케이션은 고상한 어투로 말하고, 전문용어를 섞어 이야기하고, 우아를 떠는 것이 아니라, 하찮을 만큼 작고 소소한 그 모든 것에 반응하는 것을 말한다. 생까지 않는 당신, 호감공주로 비즈니스계를 평정하게 될 것이다.

51

철새들이여, 낡이지 말자

A주임은 철새족이다. 옷 바꿔 입듯 회사를 옮겨 다니는 것까지는 좋은데, 어찌나 들고 남이 심한지 한번은 이미 다녔던 회사인 줄도 모르고 간 경우도 있다. 사람은 한 자리에 머물면 도태되고 발전이 없다는 철학을 가지고 있다지만, 무리수를 두고 위험을 무릅쓴 철새짓 하다가 결국 현재는 일급 백수가 되고 말았다지.

#철새족의 슬픔을 노래한 서정시

아아, 첫 번째 회사,

겉만 보고 골랐다.

그리고 두 번째 회사,

남들 따라 움직였다.

두 번 회사를 옮기고 나니

평생 다니고 싶은 회사를 보는 눈이 생겼다.

아아, 세 번째 회사,

다니다 부도났다.

여자가 아홉 꼬리는 달아야 성공한다

면종복배面從腹背

겉으로는 복종하는 척하면서 내심으로는 배반하는 행동을 뜻한다.

오늘 회사에서 '내가 이 회사 아님 다닐 데가 없을 줄 알아!' 하고 버럭 화를 냈다면? 당신은 미친 것이다. 다닐 데가 없으니까. 높은 실업률에 화려한 경력으로도 취업이 이루어지지 않는 판에, 있던 자리를 때려치웠다면 미친 게 틀림없다. 이 와중에 부은 간을 자랑하는 부류가 있으니, 주변 여건이나 환경, 보수에 따라 매니큐어 색깔 바꾸듯 회사를 옮겨 다니는 철새족이 바로 그들이다. 얌체 같은 철새족은 둘째치고, 크게 마음먹고 이직을 꿈꾸고 있다면 잠깐 브레이크를 걸어두고 이 글을 마저 읽어보는 것이 좋겠다.

이직(移職), 말 그대로 직장을 옮기는 것을 뜻한다. 전문 분야에서 탁월한 실력을 갖고 있거나 돋보이는 능력을 인정받아 여기저기 숱하게 스카웃 제의가 들어오는 경우도 있고, 현재 하고 있는 일보다 자신의 적성에 맞는 파트를 재발견하여 다른 분야로 진출하면서 자연스럽게 옮기는 경우도 있다. 혹은 너무 열악하고 불리한 조건에서 제대로 평가받지 못하고 일을 하는 사람들 가운데 스스로 이직을 위한 노력을 하기도 한다. 이런 종류의 이직이라면, 모두 좋은 의미로 충분히 존중받을 수 있는 발전적 이직이다. 그러나 최근 이직 열풍의 백그라운드를 살펴보면, 그저 순간 눈앞에 보이는 이익이 전부다. 연봉을 조금 더 올려 받는 조건이기만 하면 무조건 뛴다. 섣부른 행동이다. 당신이 정말 현명한 이직을 원한다면, 비즈니스계에 전해져 오는 이직의 룰을 예의바르게 지키도록 하자.

첫 직장은 엄마품이다. 사회초년생으로서 배울 수 있는 모든 것을 습득하는 곳이다. 마음에 들지 않는 부분이 있더라도 참고 배우려는 의지로 인내심을 갖도록 하자. 한 자리에서 제대로 일을 익힌 후에 더 큰 물에서 실력발휘해 보고 싶은 욕망을 갖고, 순서대로 하나씩 단계대로 밟아가는 이직이 바람직하다.

달콤한 유혹에 낚이지 마라. 경력이 쌓인 후 여기저기 제의가 들어오거나 친분 있는 사람들의 일자리 제안에도 쉽게 넘어가지 마라. 혹해서 순식간에 오케이 하고, 자신 있게 사표 썼다가 공중에 붕 떠서 평생 노는 사람 여럿 봤다. 풋과일 먹고 배 앓이 하는 이치처럼, 고민 없는 이직은 쓰라린 아픔만 남긴다.

여자가 아홉 꼬리는 달아야 성공한다

상도 vs. 사도! 장사꾼이 지켜야 할 상도가 있듯, 직딩도 지켜야 할 사도가 있는 법. 이직시, 맡은 업무를 모두 깔끔하게 마무리하고 인수인계하는 것은 기본이요, 함께 했던 사람들과의 관계도 부드럽게 마무리하는 등 꼼꼼하게 뒷정리하는 것이 좋다. 어느 날 갑자기 하던 일 내팽개치고 도둑사표 날리고 사라지는 것은 최악의 수를 두는 것이다. 적어도 사람들에게 박수를 받고 아쉬움을 남기며 떠나는 것, 이것이 진정 이직자의 아름다운 뒷모습이다.

52

명함은 그 사람의 얼굴이다

N부장은 해당 부서 최초의 여자 부장으로 그녀가 세운 히트 기록만도 만만치가 않다. 어지간한 남자직원까지 주눅 들게 만드는 당찬 카리스마에 뛰어난 언변으로 손에 닿는 프로젝트 족족 홈런을 쳐댄다. 온 회사 내 여자직원들 어깨 펴고 살게 만든 사람이 N부장이건만, 천하의 그녀를 옴짝달싹 못하게 하는 전화가 있었으니 다름 아닌 그녀의 친정 노모다.

#바쁜 업무시간, 전화벨 울리고

직원: 아, 여보세요, 영업부 OOO입니다.

노모: 잉 그르니께, 내 딸년 좀 바꿔줘잉.

직원: (화들짝 놀라며) 네?

노모: 아, 긍께, 썩을년 좀 바꿔달라고잉.

직원: 아니, 할머니, 욕을 하시면 어떻게요? 성함을 말씀하셔야죠. 여기 회사거든요.

노모: 아따… 신입인갑다. 긍께 내 딸년 이름이 썩을년이여. 그러니 썩을년 좀 바꿔달라고잉.

옆자리 직원: (소곤거리며) 부장님 어머니신가 보다. 우리 부장님 본명이 석을년이야. 부장님 바꿔드려.

두 직원: 푸핫~! ㅋㅋㅋㅋㅋ

여자가 아홉 꼬리는 달아야 성공한다

그렇다. 이 멋진 부장님의 이름이 석을년. 과거에 어쩌자고 그리도 성의 없는 이름을 지어 평생 괴롭힘 당하게 만든 것인지 모를 일이다. 한때 우리를 열광케 했던 드라마《내 이름은 김삼순》을 떠올려보라. 여주인공 김삼순이 이름 때문에 놀림 받고 우는 장면을 기억하는가? 삼순이라 놀림 받고 택시에 타 펑펑 우는 그녀에게 기사가 위로한답시고 한 소리가 하필이면 '에이, 삼순이만 아니면 되지 뭐' 였다. 이에 삼순이는 그야말로 대성통곡! 이처럼 이름 석 자가 갖고 있는 의미는 엄청 크다. 그러니 그 사람을 대표하는 이름 석 자가 선명하게 새겨진 명함은 얼마나 귀하고 소중한 것인가.

비즈니스에 있어서 필수품인 명함. 당사자의 품위와 명성이 그대로 담긴 물건이니 주고받을 때 충분히 예우를 해주어야 한다. 그러나 많은 사람들이 명함을 그저 한낱 종잇장으로 여

기기 일쑤다. 어떤 이는 받자마자 이름도 안 보고 뒷주머니에 쏙 꽂는가 하면, 회의 내내 수첩 없이 상대방이 내민 명함에 끼적거리기도 하고, 심지어 수북하게 모아 조카들과 딱지치기하는 망종까지 있다.

자, 이제부턴 명함을 주고받을 때 기본적인 매너를 지키도록 하자. 먼저 명함은 받아서 상대방의 이름을 읽고 충분히 숙지하는 시간을 갖는다. 그리고 회의하는 동안 앞에 꺼내두고 이름을 기억하는 것도 좋고, 혹은 명함지갑에 잘 넣어 상대방의 기분을 상하게 하는 일은 만들지 말자. 또한 이름이 평범하지 않더라도 웃거나 장난을 치는 일은 삼가자.

명함은 총알. 비즈니스라는 전쟁터에서 꼭 챙겨야 할 무기 같은 것이다. 당신의 목숨을 지켜주는 총알인데 '앗! 오늘 다 떨어졌네요.' '깜빡하고 안 들고 나왔네요' 하는 자폭은 금물! 비록 옷은 안 입고 나갈지언정 명함만큼은 꼭 챙기자(그럴 정도로 중요하단 얘기!). 게다가 비즈니스 세계에선 명함을 뿌린 만큼 성과를 거둔다는 사실, 명심하자.

섹시한 명함을 만들자. 일반적으로 회사에 소속된 경우 회사의 공용 명함으로 통일되어 이름만 달리 찍힐 것이다. 그러나 당신이 프리랜서로 독립된 일을 하고 있거나 혼자 회사를 운영하는 경우라면 섹시한 명함을 준비하자. 톡톡 튀는 명함을 내민다면, 당신을 어필하기도 좋을 것이고 이미지 마케팅 면에서도 높은 점수를 살 것이다.

오, 한자! 요즘은 대부분 한글 명함을 쓰지만 가끔 한자 명함을 만나 등줄기에 식은땀을 흘렸던 기억이 있을 것이다. 게다가 한자 명함의 주인은 대부분 어르신이라 깍듯이 모셔야 하는 중요인물인 경우가 다반사. 그럴 땐 그냥 애교 있게 한자를 아주 어려운 걸 쓰시는 걸 보니 귀한 이름인 듯하다며, 이름을 여쭙는 편이 훨씬 솔직하고 편한 인상을 줄 것이다.

여자가 아홉 꼬리는 달아야 성공한다

미니홈피 단속하기

상사면 상사답게 행동해야 하거늘, 몇 년을 선배로 깍듯이 모셔도 배울 것이 한 개도 없는 P대리, 이유인즉슨 한 입으로 노상 두말하기 때문이다. 어제 회식자리에서 자신이 승진에서 누락된 것은 모두 여자를 우습게보는 부장 탓이라며 어찌나 씹어대던지 안주가 거의 필요 없을 지경이었다. 그런데 타의 추종을 불허할 뉴페이스가 떠오르니 바로 동기인 Y대리. 얌전하게 생겨 말수도 적고 너무 조용해서 당체 속을 알 수 없는 Y대리가 뒷담화를 거의 언론 홍보 수준으로 하고 있었던 것이다. 그것도 온라인에서~!

#Y's 미니홈피

2009년 0월 0일

아, 된장. 오늘도 또 찌질이 부장이 나를 찾는다. 자신이 지른 실수를 내게 덤터기 씌우려는 의도. 나이가 한 살만 어렸어도 넌 내 밥이었을 것을. 부장보다 더 나쁜 기지배는 P대리, 동기라는 뇬이 술자리에서 훈제 족발 하나 시키자니까 자기가 쏴야 하는 자리인 만큼 슬쩍 오징어와 노가리로 대체하고, 급기야 생맥주 한 잔 더 추가하려고 했더니 내일 아침 일찍 클라이언트 회의라며 나를 말렸다. 그깟 맥주 한 잔 얼마나 한다고. 따쉭. 찌질이 부장은 그래도 무료 안주 팝콘은 무제한으로 시켜주더만. 할튼 이것들이 말이지. 내 회사생활의 더없는 걸림돌이라는 거. 아, 놔.

일구이언一口二言

한 입으로 두말을 한다는 의미로, 한 가지 일에 대해 이랬다 저랬다 말을
바꿔 하는 것을 이르는 말

과거 우리는 회식자리에서 직장에서 쌓인 스트레스와 더
불어 애환, 고충을 털어놓으며 술잔을 기울이는 것이 최고의
오락거리였다. 안주 삼아 나오는 상사 이야기며, 누가 낙하산
출신으로 왔는지, 조만간 구조조정 바람이 분다든지 하는 고민
을 나누었고, 철칙은 오로지 술자리는 술자리일 뿐 자리를 털
고 일어서면 그뿐. 깔끔하게 잊곤 했다. 그러나 최근 온라인이
라는 최고의 공간이 우리에게 주어지면서 상황이 달라졌다. 많
은 회사에서 상당수의 직원들이 미니홈피와 블로그에 열중하
기 시작했고, 크고 작은 회사의 일들이 바깥으로 알게 모르게

여자가 아홉 꼬리는 달아야 성공한다

공개되기 시작했다. 이에 각 회사들은 업무의 효율을 떨어뜨린다는 이유로, 사내에서 아예 해당 사이트에 접속이 불가하도록 만드는 등의 맞대응을 하지만, 수백 명, 수천 명의 직원들 사생활에 일일이 간섭할 수는 없는 일. 이러다 보니 비뚤어진 마음으로 온라인의 미니홈피나 블로그에 동료나 상사, 후배에 대한 욕을 거리낌 없이 내뱉거나 보안에 철저히 가려져야 할 정보까지 노출되는 상황에 이르렀다.

당신도 미니홈피나 블로그를 갖고 있는가. 그렇다면 어떤 내용을 다루는 미니홈피인지, 이제 모름지기 한번 점검할 때다. 나도 모르게 속상했던 회사일을 상세하게 노출한 적은 없는지, 술 마시고 써놓은 술주정은 없는지, 혹 누군가의 명예를 훼손할 말을 함부로 써놓은 것은 아닌지 말이다.

미니홈피나 블로그는 주소만 안다면 전 세계 어느 곳에서나 접속이 가능하다. 당신이 장난삼아 써놓은 한 줄의 글이 누군가에게 상처가 되기도 하고, 예리한 칼이 되어 나에게 돌아오기도 한다. 어지간한 검색 도구 하나면, 당신의 이름과 연관된 주민등록번호까지 줄줄 낚아 올릴 수 있는 것 또한 온라인 세상이다. 그러니 미니홈피나 블로그는 당신의 개성을 돋보이게 하는 도구로 사용하거나 취미 또는 소중한 정보를 모아두는 창고 정도로만 활용하자. 굳이 일기 메뉴를 두고 써 내려야 직성이 풀린다면, 비공개로 만들거나(사실 이것도 안전하지는 않다) 오프라인 스타일로 노트에 고이 적어 책상 속에 꼭꼭 숨겨라. 블로그는 블로그일 뿐, 오해하지 말자!!

여자가 아홉 꼬리는 달아야 성공한다

수다는 간다

본인이 아무리 우겨도 S대리, 그녀는 A형이 틀림없다. 대문자 AA형. 어찌나 소심한지 옆자리 직원이 화장실이 급해 자리를 박차고 일어나기만 해도, 자신 때문에 나갔다고 울어버릴 정도다. 그러나 이것은 그저 S대리의 한 모습일 뿐, 온라인에서의 그녀는 매우 터프한 야성녀로 통한다. 알고 보니 S대리의 혈액형은 AB형, 즉 오프라인에서는 소심한 A형, 온라인에서는 버럭 B형, 두 얼굴을 가진 여인이었던 것이다.

(대화명)

피바다S (하나만 걸려봐 다 주거쓰으): 아, 짱나.

두목넘J (뼈다구해장국 뼈다구를 자근자근!): 왜 또? 부장이 뚜껑 열리게 해?

피바다S (하나만 걸려봐 다 주거쓰으): 뚜껑만? 나 지금 피 토하는 중. 또 야근이래.

두목넘J (뼈다구해장국 뼈다구를 자근자근!): 배 째라 해.

피바다S (하나만 걸려봐 다 주거쓰으): 승질머리가 장난 아니야. 아마 진짜 배 짼걸, 저 인간!

두목넘J (뼈다구해장국 뼈다구를 자근자근!): 그럼 야근하든가. 쿠홧.

피바다S (하나만 걸려봐 다 주거쓰으): 클럽에서 오늘 부비부비 예약했거덩.

두목넘J (뼈다구해장국 뼈다구를 자근자근!): 오데? 물 조아?

피바다S (하나만 걸려봐 다 주거쓰으): 오픈파티야, 오늘. 죽이는 애들 다 온다는데….

> **두목넘J** (뼈다구해장국 뼈다구를 자근자근!): 그으래? 대신 내가 가
> 주쥐.
> **피바다S** (하나만 걸려봐 다 주거쓰으): 지랄!

과유불급 過猶不及

지나친 것은 미치지 못한 것과 같다는 뜻으로, 지나치면 아니함만 못하니
중용의 의미를 강조한 말이다.

메신저 프로그램은 네티즌을 비롯한 현대인에게 정말 획
기적인 발명품이었다. 영화 《유브 갓 메일You've Got Mail》
에서 귀여운 맥 라이언이 설레는 가슴으로 온라인 대화를 나눈
것도 메신저에서였고, 또 다른 영화 《브릿지 존스의 일기
Bridget Jones's Diary》의 느끼남 휴 그랜트와 브릿지가 대화
를 나누며 작업을 건 것도 바로 메신저였다.

이렇게 삽시간에 퍼져버린 메신저 프로그램은 브랜드만
다를 뿐, 멀리 있는 사람과 원활하게 대화를 나누게 하고, 직장
내 간단한 미팅도 바로 처리하게 해주니 그야말로 업무에 합리

여자가 아홉 꼬리는 달아야 성공한다

성과 효율성을 선사해준다. 그러나 뭐든지 과하면 모자란 것만 못하다는 말처럼, 지나친 메신저질로 눈치를 받거나 실수로 뒷담화하는 현장이 발각되는 등의 부작용도 잇따르고 있다. 기억하자. 가벼운 대화는 업무를 돕지만 과도한 수다는 해고를 돕는다는 사실을!

메신저에 그룹핑하기. 프라이빗 그룹과 회사동료 그룹을 확실하게 구분하는 것이다. 그리고 업무시간에는 되도록 사적인 그룹에 있는 사람들과의 대화를 삼간다. 부득이한 사적 대화는 미뤄두었다가 점심시간이나 업무시간 외에 나누도록 하자.

대화명은 참신하게 하자. 중요한 PT 도중, 메신저에 로그인된 메신저창에서 '개나 물어가님이 접속하셨습니다'가 떠서 좌중을 웃음바다로 만들었지만, 곧이어 '돌아버려미쳐버려'가 접속하자 사방이 썰렁해졌다는 실화가 있으니 내 얼굴이나 다름없는 대화명을 지나치게 과격하거나 살벌하게 만드는 것도 피하도록 하자.

뒷담화 창구로 사용하지 말자. 혹여 실수가 될 말은 아예 하지도 말고 나누지도 말자. 요즘은 대화 내용을 갈무리하는 경우가 많아, 어설픈 말 한마디에 회사 정보유출로 오인받거나

제3자의 험담 증거물로 목덜미를 잡힐 수도 있으니 부디 메신

저를 조심히 이용하도록 하자.

천적 바바리맨 퇴치법

R대리는 이제 막 승진한 신참 대리. 그에 걸맞게 굵직한 업무 하나 뚝 떨어졌으니, 제대로 해볼 참이다. 그런데 업무상 만나야 하는 거래처 담당자가 어찌나 느끼하고 느물거리는 놈인지 꼴도 보기 싫을 지경이다. 게다가 갑을로 따지자면 상대 회사가 갑이고, R대리의 회사가 을이니 성질대로 할 수도 없는 일. 참 녹록치 않은 세상이라니까.

#거래처 사무실

담당자: (양아치스럽게) 어이, 대리님 오셨어요? 오늘도 아주 쫙 빼입으셨네. 라인도 죽이는데!

R대리: (왜 말이 반 토막이냐.) 아예, 감사합니다. 일단 메일로 보내드린 서류는 검토하셨어요? 러프 하긴 하지만, 그래도 도움이 되셨을 거….

담당자: (말을 자르며) 그러지 말고 저녁시간도 다 되어가는데, 술이라도 한잔 쪽쪽 빨면서 얘기하죠 뭐. 으때요?

R대리: (참자. 참자. 참자.) 아, 네에… 그럼… 그러죠 뭐.

#식당으로 자리 옮기고

담당자: 일단 한 잔씩 따르고… 자아, 먼저 건배부터 한번 하죠. 아,

뭐라고 할까? (깐죽거리며) 진달래~! 이거 어때요? (잔을
부딪치며 신나라 외친다.) 진달래~!

R대리 : (당차게 소리 지르듯) 물안개다, 임매!!

당랑거철螳螂拒轍

사마귀가 수레를 막아섰다는 뜻으로, 하룻강아지 범 무서운 줄 모른다는
속담과 일맥상통한다.

이게 무슨 소린고 하니, 요즘 우스개 건배 중 하나다. 진달
래는 '진짜 달라면 줄래' 의 준말이고, 네가지 없는 담당자에게
더 이상 참지 못한 우리의 R대리, 물안개 즉 '물론 안 되지 개
새끼야' 라고 한 방 날린 것이다. 터놓고 얘기하면, 직장생활을
하는 상당수의 여성이 고민하는 문제 중 하나가 바로 남자들의
막돼먹은 언행이다.

그들이야 자기들끼리 눈짓을 해가며 은근슬쩍 던지는 말
이지만, 듣는 사람에겐 참을 수 없는 불쾌감을 느끼게 한다. 게
다가 업무와 아무 상관도 없는 부적절한 농담과 과하다 싶을
정도의 스킨십은 정말이지 귓방망이를 한 대 올려치고 싶은 욕

여자가 아홉 꼬리는 달아야 성공한다

구를 불러일으킬 정도다. 그러나 번번이 참고 넘기는 일이 보통이고, 괜히 그런 일에 목소리 높였다간 오히려 찍히기 십상이라는 생각에 속앓이만 한다. 이럴 때 박신양이라면 이렇게 외치겠지. "왜 말을 못해. 그 농담이 지금 나한테 한 농담이냐고 왜 말을 못하냐고!" "어떻게 그래요. 목구멍이 포도청인데, 어흑."

하지만 참는 순간 온몸의 독소가 되어 병이 되니 쌓아두지 말자. 회사가 어디 남자 우선으로 운영되라는 법이라도 정해져 있단 말인가. 이제부터 하룻강아지 범 무서운 줄 모르고 까부는 녀석들의 코를 납작하게 만들어주자. 이런 행동을 일삼는 남자치고 못나지 않은 사람이 없으니, 당해도 싸다.

일단 맞장을 뜨자. 요상한 농담에 얼굴을 붉히며 그냥 고개 숙이면 절대 안 된다. 그들로 하여금 더욱 부채질을 하는 셈이니, 당신도 맞장 떠라. 살짝 웃으면서 여유 있게 '어머, 어머님도 회사 나와서 그러는 거 아세요?' 하는 식의 대놓고 무안을 주는 말로 아예 싹을 잘라버리자. 망신살이 뻗쳐봐야 정신 차린다.

퇴근 후 옥상! 상대방을 따로 불러 만나는 것도 좋다. 단

회사를 벗어나지 말고, 용건만 전하자. 휴게실이나 기타의 장소에서 정중하게 부탁하는 것도 하나의 요령이다. 그런 식의 행동은 순간의 장난이지만, 듣는 사람은 평생의 상처가 되기도 하니 당신이 정말 남자라면 남자답게 행동해줄 것을 부탁한다면 어느 정도 먹힐 것이다.

여자가 아홉 꼬리는 달아야 성공한다

초판 인쇄 | 2008년 5월 30일
초판 발행 | 2008년 6월 6일

지은이 | 정윤희
펴낸이 | 심만수
펴낸곳 | (주)살림출판사
출판등록 | 1989년 11월 1일 제9-210호

주소 | 413-756 경기도 파주시 교하읍 문발리 파주출판도시 522-2
전화 | 영업부 031)955-1350 기획편집부 031)955-4661
팩스 | 031)955-1355
이메일 | salleem@chol.com
홈페이지 | http://www.sallimbooks.com

ISBN   978-89-522-0901-6 03810

* 잘못된 책은 구입하신 서점에서 바꾸어 드립니다.
* 저자와의 협의에 의해 인지를 생략합니다.

책임편집 · 교정 | 류선미

값 11,000원

살림Life는 (주)살림출판사의 실용서 전문 브랜드입니다.